صراع العوالم

حبيبة تامر

اسم الكتاب : صراع العوالم

تأليف : حبيبة تامر

تصميم الغلاف : سها عبدالنبي

الإخراج الفني : فريق عمل بصمة كاتب

تنسيق : سارة عيد

تصنيف الكتاب : رواية

المقاس : ١٤ × ٢٠

إصدار : ٢٠٢٤

رقم الإيداع : ٢٠٢٤/١٧٦٥

مديرة الدار : حبيبة شبل
للتواصل والاستفسار / 01093187904

صراع العوالم

This is a work of fiction. Similarities to real people, places, or events are entirely coincidental.

صراع العوالم

First edition. 2024.

Written by حبيبة تامر.

أهداء

هذا الكتاب أهداء لكل الأشخاص الذين يريدون الهروب من الواقع، والذهاب لمكان بعيد؛ لاكتشاف ما يخبئه من مغامرات مُختلفة .

مرحبا بكم في الجزء الأول من سلسلة H.A.M ، ولكن للأسف، أن لم تكُن من مُحبين الخيال فـلم يُناسبك كتابي، ولمحبين الخيال، هيا بنا نبدأ برحلتنا.

المُقدمة

دائمًا يكون العُشاق ما يمنعهم مْن عشقهم عادات وتقاليد، عقائد وشرائع، اختلاف الطبقات، ولكن ما رأيك باثنان يجمعهم كل تلك الأشياء إلا أنهم ليسُ مْن نفس التكوين، اختلاف العوالِم، وكان ذلك الحُب مُستحيلًا.

بداخل أحد الشركات الفخمة والمشهورة في القاهرة الكبرى، وبممر الشركة يوجد فتاة تسير بتذمر شديد، وبجانبها فتاة تسحبها من يدها، لتقف الفتاة الأولى وهي تهتف بتذمر: هو أنتي يا سمر يا حبيبتي فكراني بقرة؟ جراني وراكي ليه

لتضع "سمر" يدها على فم تلك الفتاة بسبب تفوهها بأخر كلماتها بصوت عالي قليلًا، لتقول سمر بلُطف ونبرة هادئة: معلش يا "سما" بس أنتي عنيدة أوي، ومفيش حل غير ده.

لتُبعد "سما" يد سمر بتذمر شديد وهي تهتف بضيق: مش عايزة أشتغل أغنيهالك.

لتهتف فجأة بصوت عالي: مـش عـايـزة أشـتـغـل

نظرت سمر حولها بقلق بسبب تلك المتهورة المدعوة سما، لترا الموظفين الذين أنتبهو لهم، فهتفت لهم ببتسامة مُحرجة: معلش صحبتي بس مضغوطة شوية.

ومن ثم نظرت لتلك المتهورة بغيظ وهي تهمس لها: الله يعمر بيتك، ايه اللي عملتيه ده، والله أنا عارفة أنك مجنونة.

لتضحك سما وهي تهتف بنبرة هادئة: أهو أنا بحب أضايقك عشان تدعيلي، الوحيدة اللي مش بتدعي عليا.

نظرت لها سمر بنصف عين تعبيرًا عن ضيقها قائلة : ليه هو في غيري أصلا.

لتُحرك سما رأسها بالسلب وهي تضحك، لتُمسكها سمر مرة آخرى وهي تسحبها لمكتب مدير الشركة، فأردفت سما مُجددا بتذمر: ليه ما كنا حلوين، يا حبيبتي الشغل ده من الحاجات اللي مش بتبقى بالعافية والله العظيم.

لتقف سمر بعيدًا عن مكتب المدير بمسافة قصيرة وهي ترد عليها بضحكات خفيفة: لا ما هو في حالتك بالعافية، لازم تتعرفي علينا، مش كل الناس سمر يا حبيبتي.

لترد سما قائلة ببتسامة مزيفة ونبرة ذات مغزى: عارفة، بس برده في ألف طريقة غير أني أشتغل، أنتم عندكم قوة تحمل أما أنا بقتل على طول.

لتُربع سمر يديها أمام صدرها وهي مازالت تضحك، لتهتف قائلة : لا ما أنتي تمسكي نفسك شوية، القتل من غير سبب قلة أدب على فكرة!

نظرت لها سما وهي ترفع أحد حاجبيها بتعجب، وأردفت: معلش لو بدخل بس أستحمليني، بس مش كان الضحك اللي من غير سبب قلة أدب ولا هما غيرو المقولة؟

دفعت سمر سما برفق وأردفت بنبرة مازحة: كيفي كده الله! وبعدين أدخلي لحسن "عُمر" بيه يعرف أني مش بشتغل و واقفة معاكي، هطرد وقتي.

أمسكت سما مقبض الباب وهي تلتف لتغمز لسمر قائلة :

- محدش بيجي على حد غالي عندي، عشان هيكون مع الشهداء اللي هناك.

لتبتسم سمر بلُطف وهي تلوح لها بيدها وتهمس بنبرة هادئة: يلا أدخلي، ربنا يوفقك.

وذهبت بعد لفظها لأخر جملة لتُكمل عملها بالشركة، بينما أبتسمت سما على صديقتها اللطيفة التي تدعمها دائمًا، لَم تكن تتخيل أنها ستحصل على صديقة مثلها في يوم من الأيام، ولكنه حدث، وكان أفضل شيء يحدث معها.

توجه نظرها عند الباب الذي يقودها لغرفة المدير، تنهدت بحرارة، وهمست مُشجعة لنفسها: يلا، أن شاء الله خير.

أزدادت قبضتها على المقبض، لتبدأ بتحريكه بهدوء ومن ثم تدخل وتُغلق الباب ورائها، وبمجرد غلقها للباب أتجهت أنظارها للمكتب، تنظر له بنظرات مُتفحصة، كان مُرتب بدقة جعلته جميلًا يخطف الأنظار، ومكتبة الكُتب الكبيرًا للغاية، ومن الواضح أنها ليست مُخصصة للملفات فقط، بل بها كُتب قيمة للغاية و روايات رائعة لكُتاب كثيرون، وكان يقف شخص أمام تلك المكتبة يتفحص شيء ما، من الواضح أنه ملف مهم، كان يرتدي بدلة سوداء فخمة، ولكن لَم ترا ملامح وجهه.

لتسمع صوت هادئ جذاب صادر من ذلك الشخص

- مش في باب ولا حد بدلو بستارة؟

أبتسمت سما على جملته الأخيرة، لترد قائلة بنبرة هادئة رقيقة: لا موجود، بس أنا بعرف أعدي منو.

أتاها صوته الساخر وهو يقول :

- معقول! هي الشركة عندي بقى فيها عفاريت ولا ايه.

لتضحك ضحكة ساخرة وهي تجلس على المقعد الذي يجلس عليه العملاء، لتقول بنبرة ذات مغزى مع أبتسامة باردة :

- اي ده! هو أنت متعرفش أن في عوالم تانية في الكون ده ولا ايه.

وصلها نبرته الهادئة عندما اردف

- شكلك من الناس اللي بتقرأ كتب سحر على كده.

وضعت هي قدم فوق الآخرى، ويديها في جيب معطفها، لتنظر لمكان وقوفه وترد عليه ومازالت تُحافظ على برودها: مش كده، بس بحب أقرأ عن الكون ده بشكل دقيق أوي، وكل أسطورة في كتاب بدور وراها، مفيش أسطورة هتطلع منها لنفسها، بيبقى وراها سر وأنا بقى بحب أعرف السر ده.

ليلتفت لها ذلك الشخص وأخيرًا، كان يتفحصها بعيناه، كانت فتاة ببشرة بيضاء، عيونها تتمتع باللون الأخضر، ملامحها جميلة ولكنها حادة بشكل جذاب، خصلاتها البُنية التي صنعت بها تسريحة لطيفة "كحكة فوضوية"، قميصها الأبيض ومعطفها الواسع الذي يُشبه معطف الرجال والشُبان، وبنطالها الأزرق الواسع.

أما هي كانت تنظر له بتفحص أيضًا، طويل القامة، ملامحه حادة وجذابة، خصلاته السوداء الامعة، بشرته البيضاء، وعيناه الزرقاء بشكل جعلها تشعُر بــ... بالغرابة!

ليقطع الصمت صوته عندما أردف وهو يضع يديه في جيب بنطاله وينظر لها ببرود

- ومين بقى قالك تقعدي يا أنسة؟

أبتسمت له باستفزاز وهي ترد عليه بلهفه مصطنعة : الدكتور، أصلو قالي الواقفة غلط عليكي، ترضى بقى تشيل ذنب تعبي عشان حضرتك سايبني واقفة من ساعت ما دخلت، أخس عليك والله.

رفع أحد حاجبيه بستنكار وهو يرا ملامح وجهها الساخرة، ليقول وهو ذاهب ليجلس على مقعد مكتبه

- لا ألف سلامة عليكي، تصدقي طلعت قليل الذوق أوي، أزاي لحد دلوقتي أنتي في الشركة

ليُكمل ببتسامة باردة : Sorry (أسف) أتلغبط، أقصد مقولتش ليكي تقعدي.

نظرت له وهي ترفع أحد حاجبيها بأستنكار : سوري؟ سورك معاك يا عُمر بيه.

ليتجاهلها "عُمر" وهو يتطلع على ملفها، ليقول بهدوء وهو ينظر للأوراق: أنتي أسمك سما؟

ظلت تنظر لعمر بضيق للحظات، لتهتف ببتسامة مزيفة : اه، بس بيني وبينك بحب أغيرو كل أسبوعين تلاته كده، أصل بعيد عنك بزهق بسرعة أوي.

ليتجاهل سُخريتها قائلًا ببرود : جاية تشتغلي ايه؟

همست سما بضيق وهي تُغمض عينيها : أستغفر الله العظيم، يارب الصبر

لتُكمل ببتسامة مزيفة وهي تنظر له : على ما أعتقد الأنسة سمر بلغتك أني مقدمة على سكرتارية، والملف واضح أوي فيه أني برده مقدمة على سكرتارية.

لتُكمل بحزن مصطنع : يا عيني عليك، ده أنت لسه صغير على الزهايمر.

وبينما كان ينظر عُمر للأوراق شعر بالصدمة من حديثها، قائلًا بداخله "ايه البت المجنونة دي، هي جايبة قلبها ده منين بجد؟ ده أنتي قلبك جامد أوي عشان لسانك يبقى طويل كده" لكنه تخطى صدمته من تلك الفتاة وهو ينظر لها ببتسامة باردة، وأردف بنبرة مُستفز: - فوتي علينا بكرا يا عسل، ولو رموكي برا الشركة يبقى انتي كده أترفضي، دخلوكي يبقى أتقبلتي.

كانت نظرات الضيق واضحة على ملامحها من حديثه، فقالت بنبرة تمتلئ بالضيق الشديد : - طب ايه قله القيمة دي، ما تقول أني أترفض وخلاص.

نظر لها ببرود، وهتف قائلًا ببساطة: ده اللي عندي، ولو مش عاجبك أطلعي برا.

كانت نظرات الأستنكار تصوب ناحية عمر، فقالت بسخرية ممزوجة بغيظ : وحياة طنط؟

فجأة وقف عُمر من مجلسه وأردف وهو ينظر لها بتحذير: لا بقولك ايه أنا ساكتلك من الصبح، بس كلو إلا طنط والله أوريكي وشي التاني و دلوقتي.

نهضت سما هي الأخرى قائلة بتمثيل: يمي يمي يمي خاف يا عيد

لتُكمل وهي تنظر له بسخرية: تصدق أني خوفت أوي، حتى بص سناني بتخبط في بعض أزاي؟

كان ينظر لها عُمر عندنا أردف بغيظ :

- يلا يا شاطرة من هنا روحي ألعبي مع العيال في الشارع وياريت مشوفش وشك تاني.

وضعت سما يديها على خصرها بستنكار وهي تهتف بنبرة مستنكرة وشبه عالية : شاطرة مين يا عيل لسه طالع من "كي جي وان"، أوعى طولك ده يغُرك يالا، يلا يا طويل يا أهبل.

رد عليها عُمر بغيظ شديد وصدمة من تصرفاتها : طب يلا يا قصيرة يا قزعة، أنتي شايفة نفسك كده ليه يا بت.

هتفت بغيظ وهي تنظر للسقف بغضب بسيط :

- مش قزعة يا طويل يا أهبل، أنا لو لبست كعب عالي شوية صغيرين هبقى قربت من طولك، وبعدين مش قصيرة للدرجة طولي متوسط على فكرة يا زرافة.

وبمجرد أنتهائها من حديثها التفت لكي تُغادر، ولكن في طريقها قالت بسبب غيظها الشديد من عمر : أنا هروح أشتغل في شركة "العادلي" ومش مستنية ترفضني أو تقبلني أصلا.

لن تستطع التحرك خطوة واحدة بعد الأنتهاء من حديثها، وكان مانعها ذهابها شعرت بيد تُمسك بمعصمها، لتنظر خلفها لترا عُمر يُمسك بيدها وملامحة جادة للغاية، ليهتف لها قائلًا: - أنتي أتقبلتي، تعالي بكرا أساعة ٦ الصبح عشان تستلمي شغلك.

لتنظر سما ليده، ليتركها بهدوء، ليظل الصمت لعدة دقائق، ليُفتح الباب ويُغلق مُعلنا مُغادرة سما للمكان، ليتنهد عُمر وهو ذاهب ليجلس على مقعده، وبعدما جلس على مقعدة همس بيتسامة : سما، مش بطالة برده.

ليبتسم وهو يُفكر بشيء ما، ليُكمل بعدها عمله ليذهب في دوامة العمل ليغرق لعدة ساعات في عمله بتركيز شديد.

٭٭٭

كانت سما تسير بهدوء بعدما ذهبت من شركة عُمر، تُمسك معطفها بيدها بسبب حرارة الشمس، تترك الهواء يُداعب وجهها وبعض من خصلاتها التي خرجت عن ربطه شعرها، ولكن يأتي لها شابين يتغزلو بها، ليقول أحدهم

- أول مرة أشوف قمر بيطلع بالنهار

لتُكمل سما السير متجاهله كلام ذلك الشاب، ليهتف الشاب الثاني قائلًا وهو ينظر لها بوقاحة

- من حق الجميل يدلع ويتقل براحتو، بس بقولك ايه ما تيجي معانا

لكنها تجاهلته أيضًا، ليُمسك بيدها قائلًا :

- مش بنكلمك يا عسل

لتقف سما وهي تنظر لهم بنظرات باردة، لتنظر ليدها ومن ثم تقترب من ذلك الشاب الذي يُمسك يدها قائلًا بدلال وصوت رقيق: اي ده، هو أنت زعلت؟

ليقترب الشاب منها بوقاحة وهو ينظر لعينيها بنظرات مُقززة :

- هو في حد يقدر يزعل منك يا جميل.

لترد سما بوجه عابس ودلال: تؤ تؤ، شكلك زعلت، ده أنا كده لازم أصالحك دلوقتي

لتقترب من عنقة بدلال، ومن ثم تظهر أنيابها وتعض عنقه بشدة ليصرخ ذلك الشاب ومن ثم يصمت ويقع على الأرض جثة هامدة، لتبتسم سما والتي تحولت هيئتها تمامًا، فتحولت عينيها للون الأحمر، وخصلاتها التي تحررت أصبح لونها أحمر، وأنيابها الحادة، والدماء الذي يسيل من جنب فمها، لتنظر للشاب الأول لتراه يصرخ ويركض بعيدًا عنها، لتضحك سما وهي تقول بسخرية : مش عيب عليكم تعاكسو مصاصة دماء؟

لتضحك سما بسخرية وهي تختفي من الطريق بالتدريج.

✳✳✳

ظهرت فجأة بمكان آخر، كانت الأرض سوداء، مع خيوط حمراء تتسلل في باطنها، والأشجار حولها وكأنها ذابلة، متهالكة، يجري فيها اللون الأحمر مثل الدماء في الشريان،

أوراقها حمراء والبعض منها سوداء، ولكن يُعلق بهم الذهب الخالص بكثرة مُتشبه في كُرة من الذهب الخالص تنبُت من الشجر، وأما "سما" فـ تبدلت ملابسها لبنطال أسود واسع وقميص أسود بأكمام، ومذالت خُصلاتها تتمتع بلونها الأحمر الزاهي، وعينيها أصبحت تتلون بالأحمر الداكن، وأنيابها الحادة أصبحت طبيعية، وبشرتها البيضاء وملامحها الجميلة لا تُظهر مدى خطورة تلك الفتاة، لتبدأ بالسير بخطوات هادئة، حتى تأتي إليها فتاة تُشبه هيئتها مع أختلاف لون الخُصلات والعين، فكانت خُصلاتها سوداء وعينيها تتلون باللون العسلي، وبمجرد رؤيتها لسما قالت باللغة العربية الفُصحى

- مرحبًا مولاتي "ديمة"

لتنظر لها ديمة بهدوء وهي ترد بنبرة مرحة: ميانا! مرحبا بكِ، أخبريني، هل هُناك شيء مُثير للشك أو للدهشة هُنا؟

لتقول "ميانا" بابتسامة جميلة: لا يوجد شيء مثير للدهشة على الأطلاق، ولكن المُثير للشك قدوم "سيلاك" لهُنا بأستمرار في الآونة الأخيرة.

لتهتف ديمة بسُخرية وهي تسير بخطوات هادئة بحذائها الجلدي الأسود: قريبًا جدًا سأعلمه درسًا قاسيًا، ليدخل مملكة "چورينال" بدون أذن مَن ملكتها، سيندم بشدة.

لترد ميانا وهي تُحرك رأسها بتأكيد :

- بالتأكيد مولاتي، ليس له الحق بالدخول هُنا دون أذنك، تلك الأشياء كان يفعلها في عصر "الملك شيراك" ولكن الآن لقد أختلف الوضع، نحن نحكم مملكتنا وهو يحكم مملكته وشعبه الفاسد، شعب مملكة "ڤينالين".

لتبتسم ديمة بخبث وهي تهتف بنبرة هادئة : سيدفعون ثمن تلك الفترة من الزمن، فهم ليس لديهم العدل ولا كان يملكه قائدهم، ولكن لا بأس، سنُعلمهم العدل بالطبع.

لتضحك ميانا على حديث ديمة بهدوء، فهي تفهم ما تقصده ديمة، لتقول بنبرة هادئة :

- السيد "شيراك" والدِكِ يا مولاتي يُريد التحدُّث معكِ في أمر مُهم.

لتنظر لها ديمة بأستفسار وهي ترد قائلة : ألا تعرفين لماذا؟

لتُحرك ميانا رأسها بالسلب، لتهز ديمة رأسها بهدوء وهي تذهب بخطوات هادئة ناحية

قصر ضخم وعملاق، ملون بالأسود ويسبح في جدرانه اللون الأحمر الواضح للغاية، ويظهر مثل تشققات في الحائط، ولكن رغم ذلك إلا أنه يُعطي له المظهر الجذاب والمخيف في آنٍ واحد، لتلمس دِيمة بابه بيديها الأثنتين وكأنها تدفعه، ليُفتح على مصراعيه، لتدخل بخطواتها الهادئة، وخُصلاتها الحمراء خلفها تتحرك بفعل الهواء ليُداعب الهواء خصلاتها بلُطف، لترتطم أحد قدميها بالأرض بفعل مقصود منها، لتختفي فجأه، وبعدها تظهر في غرفة مُرتبة، أكثر الوانها الأبيض والرمادي، لترا أمامها شخص يقف في شرفته ينظر للمملكة من خلالها، ويَعقد يديه خلف ظهره بشكل راقي، وملابسه قريبة من ملابس دِيمة، كان يرتدي بنطال أسود مُناسب له، مع قميص أسود يُظهر جسده الرياضي، ويرتدي عليهم شيء مثل المعطف أسود اللون ولكن خفيف قليلًا لذلك يتطاير مع الهواء بشكل جذاب، خُصلاته الحمراء الداكنه كانت تتحرك بهدوء، وعيناه البُنيه تُراقب الأجواء، وملامحه الحادة تُظهر مدى جديته، ليسمع صوت دِيمة وهي تهتف بصوت بارد : لقد أتيت.

لينظر شيراك لها بطرف عينه، وهو يهتف قائلًا بنبرة ساخرة :

- قواعدك مش هتمشي عليا زي باقي المملكة، فأتكلمي عادي معايا زي ما بتتكلمي خارج المملكة.

لينظر لها بأستخفاف وهو يهتف بسُخرية لازعة: ولا أنتي حابه الناس تقعد تقولك "مولاتي" زي الحكايات اللي أمك كانت بتحكهالك، معلش أصلك ما ورثتيش من أمك غير حُبها للغة العربية.

لتتنهد دِيمة بغيظ، تُحاول تمالُك أعصابها وهي تكور قبضة يدها، ولكن تفشل مُحاولتها وهي تهتف بغضب شديد و حدة: على الأقل ما ورثتش حاجة منك، أمي ورثت منها كل حاجة جميلة لازم تبقى موجودة، مش هقدر أغير العالم بس أقدر أخلي مملكتي تبقى احسن عشان لما أموت يفضل أسمي هنا كـ حاكمة عادلة، مش زيك طول عمرك ظالم وعصرك اللي كان ٢٠٠٠ سنة من أسوء عصور المملكة

لتصرخ اكتر وهي تُكمل حديثها عندما لاحظت غضبه ورغبته في الرد عليها :

- وبعدين ما تنساش أن بسببك بعدت عن أمي، طلبت الطلاق لما أطمنت عليا وعلى المملكة، وثانية، انت أكيد فاهم أن احنا مسلمين اه بس في عالمنا هنا بتختلف حاجات كتير، وانت اه بس كـ حاكم قديم اقدر أقولك أن عهدك من أسوء العهود ولو فكرت تكرر

اللي عملتو هقتلك يا شيراك.

لتصمت وهي تأخذ أنفاسها بغضب، بينما صمت شيراك وهو ينظر لملامحها بغضب شديد، ليتحدث وبعد فترة بسخرية شديدة وضحكات مُستهزئة: ضحكتيني، على أساس مين اللي بقالها كام يوم لا سائله في المملكة ولا تعرف أننا داخلين على حرب كبيرة.

لِيُكمل حديثه بجدية وهو يُتابع تعبير وجهها: وأنا كـ النائب العام للملكة فـأقدر أقولك أنك لازم تستعدي، عشان الحرب النهاردة.

لتُربع دِيمة يديها أمام صدرها مُنتظرة بقية الحديث بهدوء، ليشبُك شيراك يديه ببعضهما البعض ورا ظهرة وهو يهتف بهدوء وملامح جامدة :

- زمان كان في عهد چورينال وبين مملكة البحار، أهل البحار خلفو العهد ده، وبسببه دخلو أهل ڤينالين مملكتنا و أحتلوها ١٠٠٠ عام، كل ده سبب أهل البحار.

كانت تسمع حديث شيراك بأعيُن حمراء غاضبة، وكأنها قطعة من النار تتشكل على هيئة عين لهذه الفتاة، لتتحرك بخطوات تحمْل من الغضب ما يكفي لحرق العالم بأكمله، لتقف في شُرفة شيراك وهي تهتف بأعلى صوت لديها وقد أهتزت له چورينال من قوته وشدته وما يحمله من غضب ورغبة في الأنتقام: يا أهل چورينال، يا أهل چورينال.

ليبدأ أهل المملكة بالركض ليكون موقعهم أمام الشُرفة الخاصة بغرفة شيراك، وبعد دقائق كان يوجد تجمُع هائل من أهل چورينال، لتبتسم دِيمة بغضب وهي تهتف بصوت عالي غاضب :

- يا أهل چورينال، اليوم بيننا وبين أهل البحار حرب كُبرى، وأنا واثقة في جنودي وفي أستعدادهم الدائم لأي حرب، هذه الحرب ليست لـچورينال، بل لأهلها، لقد خلفو أهل البحار معنا عهدًا، جعلونا نحن وأبناءُنا عبيدًا لهم لـ١٠٠٠عام متواصل، كُنا نُعذب ونُذل، ولا نستطيع فعل شيء لنُدافع عن نفسنا وأرضنا المُغتصبة، والآن... حان الوقت لنسترد عرض چورينال وشرف أهلها الشُرفاء.

لتصمت للحظات، ثم تهتف بصوت عالي غاضب وتحدي في نبرتها : تحيا چورينال

لِيُكرر أهل چورينال جملتها الأخيرة بحماس ورغبة في رد كرامة مملكتهم، وأرجاع قيمتها مثل الماضي.

بينما صمتت دِيمة وهي تنظر لهم ببتسامة مُنتصرة وهي تهمس بصوت مُنخفض :

- أنا بكره كسر العهود، وبكره مملكة فينالين أكتر بكتير، اللي غلط هيتحاسب، وحسابي معاكم يا أهل البحار تقل أوي، بس كلو هياخد جزاته، والغلطة عندي بموتة.

لتبتسم نصف أبتسامة، كانت تحمِل الأبتسامة الخبث و رغبة الأنتقام، فهي لَن تترك مَن يعيش في سلام وهو سبب عذاب مملكتها ألف عام، فلا أحد يعلم كيف ستكون تلك الحرب، ولكن من الواضح أنها ستكون شرسة، فأهل البحار ليسو بالضعفاء، وكذالك أهل چورينال، فالحرب صعبة، فمن المُمكن خُسارة مَن في تلك الحرب...؟

***

على بُعد مْن أحد البحور الكُبرى، تقف دِيمة وبجانبها شيراك، وخلفهم جيش چورينال العظيم، جاهز لفتك دماء أهل البحار بكل دم بارد، وما يوقف رغبتهم الشديدة لذلك الحرب عدم وجود أهل البحار حتى هذه اللحظة، لتهتف دِيمة وهي تشعُر بالضيق: في ايه يا عم شيراك، فين أهل البحار اللي هنحاربهم، ولا جي الملك ولا أبنو

ليرد شيراك بغيظ : ابنه الملك وهو كان الملك القديم لأهل البحار

لتقول دِيمة بغضب : على أساس هيفرق معايا الملك هو ولا ابنو؟ أنا جاية للحرب مش عشان أستنى أهل البحار عقبال ما يشرفو

ليوقفها صوت شيراك وهو يهتف بهدوء : أهُم

لتنظر دِيمة ناحية البحر، لترا رَجُل يظهر عليه العجز من شعرة الأبيض وذقنة البيضاء، ولكن كان جسدة رياضي، والنصف الأسفل منه كان زيل سمكة، وبمجرد خروجه من الماء تحول زيله لقدمين، وارتدي تلقائيًا بنطال شديد السواد وبه لمعة مميزة تُضيء مع ضوء القمر، وبعدها يظهر ابنه صاحب الخصلات السوداء اللامعة والعينين اللتين يُشبهون الماء بلونهم الأزرق، وارتدي بنطالًا مثل بنطال أبيه، وخلفهم جيوشهم مْن أهل البحار الذين تحولو مثلهم وكل منهم معه عصاه المميزة والمُخصصة للمُحاربة، وبيد الملك يوجد عصاه البحار القوية السحرية والتي تتمتع بشكل جذاب وساحر للعيون، لتُربت شيراك على كتف دِيمة وهو يقول بهدوء :

- روحي أتكلمي مع الملك، و قوليلو شروطنا اللي هتبقى زي معاهدة سلام، لو وافق ننفذ، ولو لا احنا جاهزين للحرب.

لتُحرك دِيمة رأسها بالإيجاب وهي تنظر للملك بنظرات مُتفحصة وتملكت منها الصدمة، ولكن قررت الثبات والذهاب له بينما قال الأب لأبنه الملك حديث شيراك لدِيمة، ليقترب من المكان بخطوات ثابته وهي كانت تسير بخطوات واثقة، حتى ترتطم احد قدميها بالأرض لتختفي وتظهر أمام الملك، لتهتف له ونبرتها تمتلئ بالسُخرية :

- ازيك يا عُمر باشا، مش كنت تستنى أجيلك بكرا الشركة؟

ليرد "عُمر" وهو يشعُر بالصدمة ولكن أستطاع أخفائها وهو يُجيب ببرود :

- الأنسة سما، صدفة سعيدة، بس مكنش ظاهر عليكي انك خطيرة للدرجة دي.

لتبتسم دِيمة بسُخرية وهي تُربع يديها أمام صدرها، ثم تهتف بنبرة ساخرة :

- ولا كان ظاهر عليك أنك تبقى حاجة أصلا، المهم، أسمك عُمر ولا ده اسم الشهرة؟

لينظر عُمر في عينيها الحمروتان بهدوء وهو يهتف :

- أنا "شعيب" ملك البحار السبعة.

لتقول دِيمة وهي تنظر له نظرة خالية مْن المشاعر :

- وأنا دِيمة، ملكة مملكة چورينال.

ليحُل الصمت لعدة دقائق، بين نظراتهم الواثقة والباردة لبعضهم البعض، ليقطع ذلك الصمت صوت "شعيب" وهو يقول بنبرة جادة :

- أهل چورينال كان بينها وبينا عهد، وأنتم كسرتو العهد ده، وعقابكم أن تكون چورينال أسطورة تم دفنها مْن أهل البحار.

لتنظر له دِيمة بسخرية، لترد عليه بنبرة هادئة، وكان ذلك الهدوء ما قبل العاصفة: أنتم بتعرفو تألفو كمان! بجد أبهرتني، أنتم اللي خلفتو بالعهد ده وبسببكم أهل چورينال أتأذو، واللي يأذي مصاص دماء عندنا حكمة الموت، عشان كده أتحكم عليكم بالهلاك يا أهل البحار.

لينظر لها شعيب بنظرات باردة، ليسمع صوت شيراك وسُفيان في أنٍ واحد يقولون: يلا يا أهل چورينال/البحار

ليتحرك جيش أهل البحار ولكن أوقفهم شعيب بيده وهو ينظر لجيش چورينال بتعجب، ليتوقفو جيش أهل البحار بتعجب أيضًا، فجيش چورينال لَم يتحرك خطوة واحدًا، ليهتف شيراك لقائد الجنود بغضب :

- أنت يا غبي أتحرك بجيشك يلا.

ولكن لَم يُبالي القائد لحديث شيراك، ولكنه تحدث قائلًا لدِيمة: نتحرك بإذن مولاتي فقط.

لتبتسم دِيمة لشعيب بسخرية، ثم تنظر لهم بابتسامة فخر وهي ترا شيراك يشتعل مْن شدة غضبه، لتنظر لجيشها وهي تقول بصوت عالي لتُجدد عزِيمتهم :

- حان الوقت ليعرف أهل البحار من هم أهل مملكة چورينال وجيش چورينال، هيا يا أهل چورينال.

ليتحرك جيش چورينال بقوة شديدة وعزِيمة، وأصرار شديد على فتك دماء أهل البحار، ليتحرك جيش أهل البحار مُجددًا وبقوة، بينما نظرت دِيمة لشعيب لترجع للوراء قليلًا وهي تهتف بابتسامة مرحة ونظرة تحدي :

- جاهز يا عُمر بيه؟

لينظر لها بتحدي وهو يُمسك بعصاه ويهتف :

- جاهز، المهم أنتي جاهزة يا أنسة سما؟

لتُحرك دِيمة رأسها وهي تضحك قائلة : جاهزة جدًا.

ليبدأ الصراع بينهم، ليس بينهم فقط بل بين أهل چورينال وأهل البحار، حرب شرسة بين طرفين قويين، سقط الكثير مْن جنود أهل البحار ومْن جنود چورينال، ولكن ليس يوجد شيء مهم بالنسبة لدِيمة وشعيب، كل منهم يُخرِج كل ما لديه من قوة لفتك دماء الآخر، ليسُ مُهتمين بالجثث التي تقع حولهم، وبينما كان الصراع مستمر بينهم، كان يوجد حجر ليس بالصغيرًا وراء قدم دِيمة، وأثناء صراعها كانت ستسقط بفعل تلك الصخرة، ولكن أمسكها شعيب بفعل تلقائي منه، لينظر كلاهما في عين الآخر، ولكن حدث شيء غريب، ظهر

داخل عينان دِيمة مشهد لمكان آخر غير الذي توجد فيه، مكان يوجد به أشجار كثيفة، ويظهر بشري كان يسير بهدوء، لينقض عليه مصاص دماء ظهر مْن تلك الأشجار الكثيفة وبدأ بأمتصاص دمه بشراهه وتلذذ، ليسحب جثة ذلك البشري خلف الأشجار والدماء يسيل من فم مصاص الدماء وهو يبتسم بشكل مخيف وعيناه سوداء بشدة، لَم يفهم شعيب ما حدث للتو، ولكنه شعر أن الأمر خطير للغاية، بينما كانت ترا دِيمة ذلك المشهد لترتعش ومن ثم تبتعد عن شعيب بسرعة وهي تقف، وعينيها ترجع للون الأحمر بشكل طبيعي، ولكن حالتها كانت غير جيدة، كانت ترتعش بشدة وعينيها أصبحت واسعة، وكأنها رأت شيء مُخيف جدًا، ليهمس لها شعيب بقلق: هو ايه اللي حصل؟

كانت تنظر دِيمة أمامها وهي مازالت على حالها، لتهمس بخفوت وصوت مرتعش :

- حـ...حصل كـ..كارثة.

لينظر شعيب لحالتها المُزرية، ليهمس لها قائلًا: تعالي بكرا الشركة، محتاج أفهم اللي حصل ده.

لتُحرك دِيمة رأسها بالإيجاب، ليصرخ شعيب قائلًا :

- كفاية، الحرب أنتهت لحد كده.

لتصرخ دِيمة بصوت حاولت جاهدة أن يكون بارد :

- توقفو، أنتهت حرب اليوم ولكن لَم تنتهي حربنًا معهم بعد.

ليتوقف كل من الجيشين، أهل البحار عادو للبحر ومعهم الجثث، وأهل چورينال أخذو الجثث وأختفو ومعهم شيراك، لينظر شعيب نظرة أخيرة لدِيمة ومْن ثم عاد للبحر مُجدَّدًا، لتبقى دِيمة وحيدة بين تلك الأرض التي تُلطخها دماء الحرب، لتهتف دِيمة بخوف وصوت عالي : لا.. لا مستحيل ده يحصل، أنا مش هسمح بده أبدا، لا، مش هينفع يحصل كده، مش هينفع.

لتصرخ فجأة وهي تضع يدها على أذانها ودموع تترقرق في عينيها، لترتطم أحد قدميها بشدة لتختفي دِيمة تمامًا من ذلك المكان.

لتظهر دِيمة في غرفة نومها، كانت تُشبه إلى حَدِ ما غرفة شيراك في الألوان، جلست دِيمة بجانب الفراش على الأرض وهي تبكي بقوة وتضم نفسها بخوف، وتهمس قائلًا بأنهيار:

مستحيل ده يحصل، مستحيل.

لتظل تبكي بحرقة حتى تنام من شدة التعب.

أستيقظت ديمة وهي تشعُر بالألم بسبب نومها على الأرض، لتستقيم ببطئ وهي تنظر حولها بعدم أستيعاب، لتتحرك وهي تهتف : أنا نمت أزاي؟

لتُمسك برأسها وهي تشعُر بشيء غريب، لتقول وهي تنظر لباب غرفتها :

- لازم أروح لشيراك أقولو، يمكن يعرف يفسر ليا ايه سبب الرؤية دي.

لتختفي وتظهر في غرفة شيراك، ولكنها شعرت بالتعجب وهي ترا الغرفة مغلقة بخيوط مُشعة تمنع مصاصين الدماء من الدخول، لتهتف بتعجب: هو ليه عامل كده في الباب؟

لتنظر حولها وهي تتفحص الغرفة، ولكنها لا ترا أثرًا لشيراك، لتهتف بتعجب :

- هو مالو ده، خرج في الوقت ده وقافل الباب.

لتسقط عينيها على صندوق عتيق ضخم من الخشب، لتقول بسخرية :

- شكلو نسي أن حضرتي بنته، يعني أقدر أدخل عادي من القفل ده.

لتقترب من الصندوق ومن ثم تُمسك بالقفل الضخم الذي عليه، لتتنهد قائلًا :

- طب ده يتفتح أزاي.

لتنهض بعدم أهتمام، وبمجرد نهوضها رأت رؤية أخرى، كانت نائمة على فراشها بهدوء، ليظهر فجأه شيراك من العدم وكان يقف بجانبها، ليُخرِج مثل "حقنة" ويأخذ زراع ديمة ويبدأ بأخذ القليل من الدماء منها، لتنتهي الرؤية وديمة تشعُر بالصدمة، لتُتمتم قائلًا وهي تنظر للصندوق: بيتفتح بدمي؟

لتضع يدها على الصندوق بسرعة، لتختفي هي والصندوق وتظهر في غرفتها ومعها الصندوق، لتنظر له لعدة دقائق، لتهمس بغموض : شيراك مش تافه عشان يعمل كده في صندوق عادي، الصندوق ده فيه حاجة مهمة اوي، أو حاجات.

لتنظر حولها لترا كوب من الزجاج بجانب فراشها، لتُمسك به و ترطمه في الطاولة المتواجدة في غرفتها، وبعدها تُمسك بزراعها وتأتي أمام القفل وتضع قطعة الزجاج الحادة

على يدها، لتسحبها بعنف ليتساقط الدماء منها بغذارة، ليُفتح القفل، فأمسكت دِيمة بقطعة من القماش تربطها على زراعها مؤقتًا، فقط لتمنع الدماء من النزول لعدة دقائق، لتهبض في مستوى الصندوق وتفتحه، لترا فيه كُتب و أوراق وأشياء آخرى جزء منها قديم وجزء منها غريب بالنسبة لها، لتنظر له بغموض وهي تهتف :

- لما نشوف مخبي ايه يا شيراك.

لتتفحص الأغراض التي بالصندوق وهي تمد يدها داخله، لتخطف نظرها ورقة ما يظهر على حبرها أنها حديثة، لتُمسك بها لتقرأ منها القليل، لتهمس بتعجب :

- أتفاقية "دوم"، بس أحنا ما عملناش أتفاقية بالأسم ده قبل كده، وايه معنى الأسم ده؟

لتبدأ بالنظر لطرفي الصفحة، لترا أن الأتفاقية بين شيراك و "سُفيان" والد شعيب والملك السابق لأهل البحار، لتهتف فجأة بصدمة وهي تقرأ وقت عقد الأتفاقية :

- لا مستحيل ده يحصل، الأتفاقية معمولة من شهر بس!

لتهتف وهي تنظر للورقة بعدم تصديق :

- أزاي؟ يـ. يعني كده اللي قالو ليا شيراك كذب، بـ.. بس ليه؟ هيستفاد ايه؟

لتقرأ بقية الورقة والدموع تترقرق داخل عينيها من شدة الصدمة، وبعد أنتهائها من القراءة ظهرت رؤية جديدة، كان مكان غريب بعض الشيء، ويوجد طاولة يجلس عليها كُلًا مْن شيراك و سُفيان، فكان سُفيان يحتسي مشروب بارد، وشيراك كان يتحسي كوب مْن الدماء بأستمتاع، ليقول شيراك وهو يضع كوبه جانبًا: بص يا سُفيان، أنا عارف أنك بتحب الدهب، وأنا عندي منو كتير أوي، يعني تقدر تبني مملكتك تحت البحر وكمان على البر لو أنت عايز، يعني دهب لو قعدت تجمعو لحد ما تموت مش هتقدر تجمع ربعه.

ليترك سُفيان كوبه هو أيضًا، ليُشبك أصابعة وهو ينظر لشيراك ببتسامة باردة :

- كلامك صح، بس أنت عمرك ما قدمت حاجة بدون مقابل.

ليُكمل وهو ينظر لشيراك بتركيز شديد : ايه المُقابل؟

ليُرجع شيراك ظهره للوراء وعلى شفتيه أبتسامة خبيثة، ليهتف بنبرة هادئة :

- محتاج دم بشري بـ كميات كبيرة، وعشان كده محتاج بشر كتير، وأنت أكتر واحد عارف هتجبهم أزاي، مش محتاج أشرحلك.

ليبتسم سُفيان ببرود وهو يقول بنبرة باردة :

- تمام يا شيراك، موافق.

ليتنهد وهو يُكمل بمكر: أنا هقول لبني وأنت تقول لبنتك أن كان بينا عهد والطرف التاني كسره، وبما أن عيالنا أغبية هيصدقو، وهتنشئ بينا حرب، وبعد كل حرب هسلمك ١٠٠ بشري وأنت تديني ١٠٠ قطعة دهب من الدهب اللي بيطلع من الشجر عندكم.

لينظر له شيراك بهدوء، وبعدها يضحك قائلًا بنبرة ساخرة :

- ده أنت محدد هدفك بقى، هما ٥٠ قطعة دهب، أنت تزود كمية البشر هزود كمية الدهب، وغير كده ملكش عندي حاجة.

ليضرب سُفيان الطاولة وهو يقول بغيظ : ولو جبتلك ألف بشري، هتديني ايه؟

ليبتسم شيراك بخبث وهو يقول : حلو ده، هديك قدهم، ألف قطعة دهب.

لتلمع عين سُفيان بالطمع، ليبدأو بكتب الأتفاقية، لينظر شيراك لسُفيان بهدوء وهو يقول له: اسم الأتفاقية "دوم" لآن doom معناها الهلاك.

ليُكمل سُفيان بخبث : الهلاك للبشر.

ليضحك شيراك قائلًا بخبث مشابه: بضبط.

لتنتهي الرؤية ودمية لا تستطيع أستيعاب كل ما حدث، لتنظر للصندوق مرة آخرى وهي تقول بغضب وتوعد: عشان كده جتلي الرؤية في الحرب، والأتفاقية دي بتوضح الرؤية دي، ماشي يا شيراك، والله العظيم ما هخلي مخططك ده يحصل طول ما أنا عايشة.

لتلمع عينيها باللون الأحمر وهي تنظر على ورقة الأتفاقية، لتجلس على فراشها وهي تهمس بتفكير : لازم أروح لشعيب، لازم يعرف، هستنى تيجي ٦ الصبح وأروح زي ما قالي، هو ده الصح.

لتنظر للصندوق بشرود، حتى ترا دفتر مُزين بشكل جميل، لتنظر له ليطير الدفتر في الهواء وهو يتجه نحوها، ويهبط بين يديها، لتبدأ بالنظر له والدموع تتجمع عند مقلتيها،

لتبدأ بفتح أول صفحاته وكان يُكتب

"أنا ندى، بنت عادية كنت عايشة مع عيلتي في بيت بسيط في الأرياف، كنت بحب المكان هناك اوي، وفي يوم من الأيام كنت عند خالي عشان كنت بذاكر مع بنته هناك عرفت أن البيت ولع بـ أبويا وأمي وأخواتي الصغيرين، اليوم ده بقيت يتيمة، مليش حد يطبطب عليا لما أزعل، ولا يواسيني لما أبقى مهمومة، مكنش في غير الروايات، كان خالي ديما يجبلي روايات عشان عارف أني بحبها، وكنت بحب أوي روايات مصاصين الدماء، وكنت كمان بحب الكونت دراكولا معرفش ليه بصراحة، في يوم خالي قرر يروح القاهرة وخدني معاه، وأحنا هناك في يوم بنت خالي خدتني نجيب شوية حاجات، وراحت تقابل خطيبها، أصل بعد وفاه عيلتي بكذا سنة كده كانت بنت خالي بتنزل القاهرة عشان جامعتها، قابلت خطيبها فيها وأتقدم لها، المهم، سابتني لوحدي في الجنينة و راحت وقالت ليا مش هتتأخر، فقولت أقوم أتمشى، وأنا بتمشى خبطت في واحد، كان حلو بشكل، طويل وعريض وشعره أسود ناعم وملامحه حلوه زيه، أتاسفت ليه ومشيت ولسه صورتو ما أتشالتش من دماغي، عامل زي أبطال الروايات، بس يا ترا أنا البطلة بتاعته ولا لا"

لتبتسم ديمة وهي تمسح دموعها وتأتي بالصفحة التالية

"شفتو، اه والله العظيم شوفتو النهاردة، كنت نازلة أشتري رواية جديدة نازلة لمصاصين الدماء وكنت متحمسة أقرأها أوي، وأنا راجعة بعد ما جبت الكتاب ومسكاه في أيدي بفرحه خبطت في حد، والحد ده هو نفسه بطل الروايات اللي شوفتو في الجنينة، عدى على اليوم ده فترة كبيرا شوية بس ملامحه ما أتمسحتش من دماغي، الكتاب وقع مني فجابه ليا، وقرأ اسم الكتاب، ومد أيده بيه وهو بيقولي وعلى وشه أبتسامة جميلة

- بتحبي الروايات اللي من النوع ده؟

قولتلو اه وانا مكسوفة ومحرجة قوي، ضحك وهو بيستأذن وبيمشي وأنا بجد مبسوطة أني شوفته، دعيت كتير اشوفه تاني وأخيرًا شوفته"

لتُقلب ديمة وتأتي بصفحة بعيدة تمامًا عن آخر ورقة قرأتها، فهي تحفظ الصفحات عن ظهر قلب.

"جي خطبني من فترة والنهاردة وأخيرًا أتجوزنا، ده أسعد يوم في حياتي، أتجوزت أكتر أنسان حبيته في حياتي، آخر فترة بقيت بشوفه كتير، وكان بيفتح معايا كلام ديما، لحد ما في

مرة قرر يتقدملي وأنا أقدر أقول أني أسعد أنسانة في الدنيا"

ضحكت دِيمة بألم، وهي تمسح دمعة خائنة هبطت على أحد وجنتيها، لتأتي بالصفحة التالية.

"طلع مصاص دماء واسمه شيراك مش حسن زي ما قالي، بجد أنا مصدومة أن الروايات دي حقيقية، بس مبسوطة أني أتجوزته، عارفه أنه عمره ما هيأذيني، أنا بشوف الحب في عينه ليا"

لتذهب دِيمة تلقائيًا للصفحات الأخيرة وهي تقرأها

"شيراك طلع وحش، أنا ما بقتش مستحملة اللي هو بيعمله ده، بيحكم بالباطل ودخل مملكة فينالين چورينال، أنا مش قادرة أستحمل، ومفيش حد من عيالي راضي يمسك الحكم ولا يطالب بيه"

"الحمدلله، النهاردة دِيمة بنتي الصغيرة وقفت قدام شيراك عشان تمسك الحكم، والشعب أختاروها، أنا مش مصدقة نفسي، ده كان زي حلم مستحيل يتحقق وهي حققته، كل أخواتها حياتهم برا المملكة ومش مهتمين بالظلم بتاع أبوهم، إلا دِيمة، أنا فخورة ببنتي بجد، وكده أقدر أطلق وأنا مطمنة على المملكة وعلى عيالي، هروح مكان بعيد عن شيراك، ومينفعش دِيمة ولا أخواتها يعرفو مكاني، مش عايزاهم ينشغلو بيا"

لتسقط دموع دِيمة بألم، لتهمس وهي تشعر بألم نابع من قلبها: سبتيني ليه يا ماما، يا ترا أنتي فين دلوقتي؟ وحشتيني أوي.

لتغمض عينيها وهي تسند رأسها على ظهر الفراش بحزن، ليمر الوقت عليها ببطئ شديد وهي تتذكر ذكرياتها في هذا القصر.

-بابا.. بابا

لينظر شيراك لطفلته وهو يقول بهدوء : في ايه يا دِيمة؟

لتقول دِيمة بحزن طفولي : سيلاك كسرلي اللعب بتاعتي.

لينظر هو أمامه وهو يقول : وايه يعني.

لترد عليه ببساطة: جرحتو بالخنجر اللي معاك يا بابا، قعد يعيط وانا فضلت أضربو.

لتسمع صوت من روائها يقول :

- وايه كمان يا مجرمة يا صغيرة؟

لتضحك ديمة وهي تركض ناحية ندى والدتها وهي تقول بحب: مامي، وحشتيني كتير اوي اوي.

لتضحك ندى وهي تقول بمرح : يا بكاشة، ده أنا لسه سيباكي من شوية.

لتضحك ديمة وهي تقول بمرح : برده بتوحشيني يا ماما.

لتضحك ندى وهي تضم ديمة : قلب ماما والله.

ليقاطعهم صوته وهو يقول بغيظ :

- وأنتي أزاي تاخدي الخنجر من غير ما تستأذني؟

لترد عليه ديمة ببرود وهي تضم أمها :

- عادي يا بابا براحتي، ده حقي زي ما هو حقك.

لنظر لها شيراك بغيظ، ليتركها ويذهب بعيدًا مُغادرًا الغرفة بأكملها، لتقول ديمة بلا مبالاه: مش عاجبه أني أبقى الملكة، مش مهم كده كده هبقى الملكة وبابي ومامي يقعدو جنبي على كرسي الحكم.

لتنظر لندى ببراءة وهي تقول : صح يا ماما.

لتضمها ندى وهي تهمس قائلً ا: ان شاء الله يا قلب ماما

لتتنهد بحزن وهي تُحدث نفسها : يارب شيراك ما ينساش أنك بنته ويقسي قلبك عليه.

لتفتح ديمة عينيها ببرود وهي تنظر للساعة، لترا أنها أصبحت السادسة صباحًا، لتنهض وهي تنظر للصندوق، لتهمس لنفسها قائلًا ببرود: قسى قلبي عليه يا ماما لدرجة الكره، مش هسمحله يعمل اللي في دماغة، أوعدك يا أمي.

❋❋❋

في شركة شعيب، وتحديدًا مكتب المدير

كان يجلس شعيب على الأريكة وبجانبه شاب في نفس عمره يُضمم جروح شعيب التي أصابته في الحرب، ليقول ذلك الشاب بغيظ :

- وعمال تقولي عريس بحر ومش عريس بحر أتنيل، دي حته حرب خلتك كده، أومال في باقي الحروب اللي جاية هتعمل ايه يا عنيا؟

لينظر له شعيب بغيظ وهو يشعر بالألم بسبب جروحه، ليصرخ به بغيظ قائلًا :

- والله يا حسام أن ما أتلميت لهقوم أخلص عليك وأخلص البشرية منك.

ليضحك "حسام" بسخرية وهو يقول :

- فالح بس تتشطر عليا، روح شوف اللي خرشمتك يا عنتر جبنة.

شرد شعيب عندما ذكر صديقه دِيمة، وتذكر تلك الرؤية، ليقول بهدوء :

- في حاجة مش مضبوطة يا حسام، اللي شوفتو في عنيها حاجة وراها سر كبير أوي.

ليضحك حسام قائلًا بسخرية : شوفت في عينيها سحر يا روميو؟

ليدفعه شعيب وهو يقول بضيق : طب وسع كده يا عم.

ليسمعو طرقات على الباب، ليأذن شعيب للطارق بالدخول، لتدخل دِيمة ومعها سمر، ليقف شعيب أمامها قائلًا بخفوت : دِيمة.

لينظر لها حسام وهو يهتف قائلًا :

- يا عم أنت هتهلوس، دي بنت عادية، والله حرام تقول على الجمال ده كده.

لتنظر له دِيمة والتي كانت في هيئتها البشرية، لتفهم أن حسام صديق شعيب ويعرف بسره، لتبتسم له وهي تتفحصه، كانت خصلاته بنيه وبشرته قمحية، ملامحه هادئة ومريحة، لتقترب منه وبمجرد أن تُصبح أمامه تتحول لهيئتها "مصاصة دماء" لتبتسم له وهي تقول ببرود : والله حرام أنك تموت، ده انت لسه صغير حتى.

ليبتعد حسام بفزع وهو يقول : بسم الله

ليأخذ بعدها أنفاسه بسرعة وهو يقول بتعب :

- الله يسامحك يا شعيب، أنا كان مالي ومال الحوارات دي، والله خضة كمان وهقطع الخلف.

كانت سمر تشاهد كل هذا، لتقول بصدمة : نعم! هو عُمر بيه عريس البحر!

ليقول حسام بضحك: شوفتي، ومانع عننا الأجازات عشان ما نروحش نصيف زي الخلق، وهو مدلع في المية وعايش دور حريم السلطان هناك.

لِيُكمل حسام وهو ينظر لديمة : بس بسم الله ما شاء الله بوظتي الواد وانتي صاج سليم.

لتنظر ديمة مكان جرحها الذي فعلته عند فتحها للصندوق، فأنه أصبح ليس له وجود، لتنظر لحسام قائلًا بهدوء: مصاصين الدماء جروحهم بتزول بسرعة، أما أهل البحر جروحهم بتقعد يوم على الأقل عشان تختفي، لآن تكوينهم قريب من تكوين البشر، عكسنا، تكوينا غير تكوين البشر مع أشتراك حاجات بسيطة بينا وبينهم.

لتنظر لشعيب وهي تقول بهدوء : شعيب، أنا عرفت حاجة ولازم تعرفها.

ليرد عليها شعيب بترقب وهو يقول : اي هي؟

لتُخرِج ورقة الأتفاقية وتعطيها لشعيب، وبينما كان يقرأها قالت: دوم بمعنى الهلاك، وقصدهم بيها الهلاك للبشر.

لينظر حسام لسمر بقلق، بينما قالت لهم ديمة :

- أنتم الاتنين حابين تساعدو تمام، مش حابين تمام برده.

ليهتف حسام قائلًا : أنا مع صاحبي في اي حاجة.

لتُأيد سمر حديثه : وأنا كمان.

بينما قاطعهم شعيب قائلًا لديمة بقلق وصدمة: أزاي حصل ده، طب بابا وعارف عايز الدهب ليه، أبوكي عايز كمية البشر دي ليه، واي اللي شوفتو البارح.

لتتنهد ديمة قائلًا بنبرة هادئة :

- الرؤية دي نتيجة اللي هيحصل لو الأتفاقية دي تمت، أحنا كـ مصاصين دماء لينا جرعة معينة من دم البشر وبعدين بنتغذى عليه بطريقة وحشية، وشيراك عايز يعمل كده مع أهل چورينال، ولو حصل ده هتبقى كارثة بكل معاني الكلمة، والبشرية هتبقى في خطر، وشيراك عايز يعمل كده عشان يكون الرأس الأكبر، حسب الكتب بتاعتنا اللي يغزو عالم البشر كده هو الرأس الأكبر المتحكم في كل العوالم التانية، وهو عايز يبقى الـ"رأس الأكبر"، وباباك عايز يبني مملكة من الدهب في البحر لحد البر، يعني برده عايز يفرض سيطرته على عالم البشر، وده برده خطر.

لِيُحرك شعيب رأسه بعدم تصديق قائلًا : لا مستحيل، أنا هصارح بابا بالكلام ده وأكيد هيبقى الموضوع مش زي ما أحنا شايفين.

لتبتسم ديمة بألم، فهي فهمت أنه لا يُريد تصديق أن والده بذلك السوء، لتتنهد وهي تقول: - تمام، هنصارحهم وبعدين نبقى نتجمع هنا عشان نتفق.

ليهز شعيب رأسه بهدوء، بينما قالت سمر بهدوء :

- طب هو أنا وأستاذ حسام هنقدر نساعدكم أزاي؟

لتبتسم ديمة لها قائلًا : المفروض نقولكم بعد ما نصارحهم، بس أنا متأكدة أن شيراك عمل كده ومتأكدة أن نيته مش خير، أنتم لو حصلنا حاجة هتروحو لناس معينة تقولوهم عشان يكملو بعدنا، دي أهم حاجة ممكن نحتاجكم فيها، غير كده الله أعلم.

ليقول حسام بمرح: متقلقيش أحنا كده كده نسد في اي حاجة.

لتبتسم ديمة بهدوء، لتنظر لشعيب لتجده شارد الذهن لتهتف له قائلًا بنبرة هادئة :

- أنا ماشية، بكرا هنتجمع هنا وهنشوف هنعمل ايه.

ليهز شعيب رأسه بهدوء، بينما هي تحولت لهيئتها البشرية لتذهب وهي وسمر، بينما ذهب حسام ليقوم بعمله، في حين أن شعيب كان جالس على أحد المقاعد شارد الذهن، لا يُريد أن يرا أبيه سيء، خائف من مواجهته، ليتنهد بحزن وهو يُغمض عيناه.

❆❆❆

في مملكة چورينال

كانت ميانا تقوم بتعليق لافتة بقواعد المملكة، ليأتي إليها أحد مصاصين الدماء، كانت ملابسه سوداء، ويرتدي عباء سوداء على ملابسه، خصلاته سوداء ناعمة وبشرته بيضاء، عيناه كانت تتلون بالبُني الغامق، وطويل القامة وعريض المنكبين، ليقول بمرح وهو يوجه حديثه لميانا

-مرحبا ميانا، كيف حالك.

لترد ميانا عليه ببرود : بالتأكيد أفضل من حالك.

ليقول "سيلاك" بسخرية : رائع! تطورك في الرد لا بأس به، تتعلمين من عجرفة سيدتك.

لتنظر له ميانا بحدة وهي تقول : مولاتي ليست متعجرفة مثلك أيُها الأحمق.

ليرد عليها سيلاك بغضب : أنتِ تتحدثين مع حاكم مملكة ڤينالين فيجب أن تنتبهي لحديثك.

لتضحك ميانا بسخرية وهي تقول: في الحقيقة فكرة أنك حاكم ڤينالين لا تجعلني أحترمك، بل تجعلني أحتقرك.

ليهتف سيلاك ببرود متجاهلًا حديثها الذي جعله يستشيط غضبًا : لا أهتم بحديثك الأبله

ليُكمل حديثه وهو ينظر للافتة المُعلقة : ما هذه القواعد، لما يُفرض عليكم الحديث باللغة العربية، وشرب دماء الحيوانات؟

لترد عليه ميانا بعدم اهتمام : بالرغم أنني لم أسألك لما تُحدثني باللغة العربية ولكني سأجاوب، نتحدث باللغة العربية لأنها لغة القرآن الكريم ولغة أهل الجنة، وهي بالحقيقة صعبة ولكنها جميلة للغاية، فمولاتي "ندى" علمتنا تلك اللغة ونحن صغار، فزرعت حُبها في قلوبنا، وكانت دائمًا تتحدث معنا بها معنا لكي نعتاد عليها، فهي قالت شيء ذات مرة ومعناه "أن لم أستطع تغيير لغة العالم، فيمكنني تغيير لغتكم"، فأنها كانت تُريد وبشدة أن تعيش في عالم يتحدث بهذه اللغة، وقد نجحت في جعل مملكتنا تتحدث بتلك اللغة.

لتنظر له بهدوء وهي تُكمل حديثها: وشربنا لدماء الحيوانات لآن هذا أفضل، والآن

أذهب، فوجودك ليس مُرحب به.

ليبتعد سيلاك عنها وذهنه شارد، يتذكر ندى، فهي كانت بمثابة أم ثانية له، كان يُحبها للغاية، وهي من جعلته يُحب اللغة العربية، فهي كانت تُعلمه تلك اللغة عندما كان صغيرًا، أبن الملك الظالم ولكن هي رأته مُجرد طفل، وعاملته كذلك، بطيبة وحُب، تناست كونه أبن ذلك الشخص الذي يُعذب أهل چورينال.

***

في قصر دِيمة

كانت تجلس على الأريكة بهدوء، تهتف بصوت عالي قليلًا : ميانا، أين أنتي؟

لتظهر فجأه أمامها ميانا، لتقول بصوت هادئ : أنا هُنا يا مولاتي، أتأمُرينني بشيء؟

لتقول لها دِيمة ببرود : أين شيراك؟

لتُجاوب ميانا بهدوء : لا أعلم، فهو ليس بالقصر.

لتهز دِيمة رأسها وهي تقول : حسنا، أجلبي لي كوب من الدماء

لترد ميانا بأحترام : أمرك سيدتي.

لتغيب ميانا قليلًا، ثم تجلب الدماء لدِيمة، لتشربه دفعة واحدة، لتضع دِيمة الكوب بعنف على الطاولة وهي تقول : أجلبي كوب آخر

لتجلب ميانا كوب آخر، ليظل الحال على ما هو عليه، وشربت دِيمة كمية دماء كبيرًا، فهي غاضبة بسبب أن شيراك والدها، فهي لَم تكن تتمنى أن يكون لها أب بتلك القسوة والحقد، طماع وأناني، تُغمض عينيها لبعض الوقت لتسمع صوت شيراك وهو يقول: مالك قاعدة كده ليه؟

لتفتح عينيها وهي تنظر له بغموض، لتنهض وهي تقترب منه ببطئ، تهتف بصوت هادئ بطيء : كنت فين؟

ليرد شيراك ببرود : كنت بجهز الجيش عشان الحرب عشان الملكة نايمة في العسل، وأعملي حسابك بكرا في حرب.

لتقول بصوت جامد وهي تنظر في عين شيراك بشدة : مفيش حرب.

ليهتف شيراك بغضب وهو يقول : لا والله، طب أستني أقول لأهل چورينال أنك هتلغي الحرب عشان حضرتك مش قد المسؤولية ولا قد اي حاجة وأنهم غلطو لما أختارو واحدة زيك تمسك الحكم.

لتصرخ ديمة به وهي تقول : قولهم أنك عايش تشربهم دم بشري عشان يبقو وحوش لأنك أناني وعايز تبقى الرأس الأكبر على حسابهم.

ليعم الصمت للحظات، بين نظرات ديمة الغاضبة، وملامح شيراك المصدومة، لتهتف ديمة بكره ممزوج بألم :

- أنت عارف أني بكرهك؟ بس مكنتش أعرف أني هنجرح أوي كده لما أعرف ده، أنجرحت بسبب أتفاقية دوم، فاكرها صح؟ اللي كنت حاطتها في صندوق وبيفتح بدمي بس، وكنت بتيجي تاخد من دمي عشان تفتحها، أنا كرهتك أكتر وأتوجعت أوي لما قرأتها، شوفت بعينيها وقت ما كنت أنت وسُفيان بتتفقو على دمار البشريين، بجد مش مصدقة، أزاي أنت أبويا، ياريتك ما قابلت ماما، اللي بجد لو عرفت اللي أنت عملته ده كانت هتموت من القهر والحب اللي حبته ليك.

لتُكمل بغضب شديد ولون عينيها الأحمر يلمع بشر: ومن دلوقتي الحرب بدأت بيني وبينك يا شيراك.

لينظر لها شيراك قائلًا ببرود وكره : نفس كرهك ليا بكرهه ليكي، وأنا دلوقتي اللي برفع رايه الحرب يا ديمة.

لينقض عليها لكنها تختفي وتظهر من وراءه وأظافرها قد أصبحت طويلة، لتهجم عليه وهي تقول : وأنا بحب السرعة دي.

لتدخل أظافرها في يده، ولكنه بدأ الصراع معها، كل منهما قوي، فالحرب كانت شرسة للغاية، وبينما كان الصراع مكتمل بينهم وقعت ديمة أرضًا، لتنهض فجأه وقد ظهر خنجر في يدها لتضعه في زراع شيراك ليصرخ بألم، لتقول بصوت خبيث :

- مش ده الخنجر بتاعك برده يا شيراك.

لتضحك بسخرية وهي تدفعة للأرض، لتُمسك به من العباء الخاصة به وتسحبه ورائها في الهواء، لتصرخ في منتصف چورينال وهي تُمسك بطرف عبائه شيراك وهم طائرين في الهواء:

- يا أهل چورينال

ليبدأ أهل چورينال بالتجمع حولها لتقول وهي تدفع شيراك في الأرض بقوة وهي تقول:

- شيراك حاول أن يُغذيكم على دماء البشر، وكذب بشأن أهل البحار، فأهل البحار أبرياء، وهو وسُفيان ذلك العجوز هم الكاذبون، وشيراك خائن بيننا، وعقابة الخائن عدم وجوده بيننا.

لتصرخ قائلًا : شيراك مطرود من مملكة چورينال للأبد، ومن يجده هُنا فليقتله.

ليطير جسد شيراك بفعل من دِمة ليظل في الهواء وهو ذاهب بأتجاه مملكة ڤينالين والتي تكون أخر مملكة چورينال، ليرتطم بعدها بالأرض بقوة، ليسعل بتعب وهو يقول بصوت منخفض: هندمك يا دِمة على اللي عملتيه ده، موتك على أيدي يا بنت ندى.

بينما كانت تنظر دِمة للعدم بغضب، بداخلها تتمنى أن تبكي، تبكي بشدة، ولكن ما الفائدة من البكاء؟ فهو لم يغير أبيها، أو يُصلح ما أفسده الحقد والكره، فقد أنتهى كل شيء بينها وبين والدها وللأبد.

✳✳✳

في أعماق البحار، وتحديدًا في غرفة سُفيان

كان يقف شعيب بصدمة أمام والده، ليقول له بصدمة :

- يعني ده صح؟ وأنت كمان عارف اللي شيراك عايز يعمله!

ليرد عليه سُفيان قائلًا : أيوة

ليقول شعيب بغضب سيطر عليه : أنت خاين

ليرد سُفيان بغضب : الزم حدودك يا ولد

ليرد عليه شعيب بغضب : أنت علمتني أن حياتي العائلية حاجة وحياتي كـ ملك حاجة تانية، وأنت خائن مطرود من عالم البحار كله.

لينظر له سُفيان بسخرية وهو يقول : بقى كده يا أبني؟ بتطرد أبوك، خلاص يا سيادة الملك، هخرج أنا بس أوعدك، اللي عايزة هيتنفذ.

لتتحول قدمين سُفيان لزيل سمكة، ليظل يسبح حتى يخرج من المياه، مُقررًا الذهاب لشيراك، بينما قال شعيب بألم :

- ليه كده يا بابا، ده أنا ما صدقتش اللي قالتو دِيمة، كنت بحاول أكذب نفسي عشان أصدق أنك بريئ.

ليصمت وهو يشعُر بصوت قلبه الذي كُسِر بقسوة، ليذهب ويُبلغ أهل البحار بخيانة سُفيان لهم، وطرده من جميع البحار.

***

في شركة شعيب، كان يجلس كُلًّا مْن حُسام وسمر في مكتب شعيب، ليقول حسام بملل:

- هما أتأخرو ليه العيال دي؟

لترد سمر قائلًا وهي تُمسك بكوب الماء : والله معرف.

ليهتف حسام بمرح : إلا صحيح ايه اللي رماكي على الهم يا بنتي

لتقول سمر بضحك : لو قصدك اللي أحنا فيه دلوقتي، فأنا كنت أعرف سما، أتعرفت عليها عشان كانت جاية تسكن معايا على أساس أنها قريبة المالكة للبيت، وأنها هتقعد كام يوم وهتمشي عشان مفيش شقق وهي هتطمن عليها وهي معايا، وافقت وخليتها معايا، وفي يوم كنت راجعة من الشغل وهي كانت نزلت عشان مشوار مهم عندها فقالت هتعدي تسلم عليا وتِمشي، وأنا بقى مستنياها كنت قريبة من شوية شجر، سمعت صوت منهم لطفل صغير، روحت أدور بس ملقتش حاجة، قعدت ألف عشان أخرج ولقيت نفسي في مكان غريب، وكان في مصاص دماء هيهجم عليا بس لقيت سما ظهرت وموته، ومن وقتها وأنا عارفة حكايتها ومتقبلة ده جدا، وهي طلعت ولا قريبة مالكة البيت ولا حاجة دي غيبت الست وخليتها تفكر ده بجد.

ليقول حسام بمرح : قصة مشوقة، أنا بقى يا ستي كنت شغال مع عُمر عادي، في يوم كان في أجتماع مهم وعُمر خلصو ومشي، لقيت تليفونه معايا رحت قومت طلعت وراه بالعربية، فضلت ماشي وراه على أمل أنه يقف بس موقفش غير عند البحر، بيني وبينك حسيت أنه ناوي يموت نفسه ده مجنون أصلا، لقيته أتحول وغطس في الميا وأنا وقفت مبلم، وتاني يوم قولتله وهو صارحني بكل حاجة، ومن وقتها والأستاذ بيدبسني في الشغل أوقات كتير عشان حكمه وأنا عشان قلبي طيب وأتحط على القلب يطيب كنت بوافق.

لترفع سمر احد حاجبيها قائلًا : قلبك طيب اه، ما أنا واخدة بالي.

يضحك حسام وهو يتذكر طيبة قلبه مع الموظفين

"كان يجلس حسام على مكتبه، والسكرتيرة تقف أمامه، ليُمسك بكوب القهوة و يرتشف القليل، لينظر للسكرتيرة قائلًا ببرود : القهوة كانت عايزة رشة سكر، مخصوم منك أسبوع.

لترد هي بتعجب : بس يا حسام بيه...

ليقاطعها حسام وهو يقول : بقى مخصوم منك أسبوعين، كلمة كمان وهيبقى رفد.

ـحسام بيه.

ليرد حسام بتلقائية : مخصوم منك أسبوع.

ـليه طيب؟

لينظر حسام للموظف الذي أمامه بنظرة شر : أنا أخصم ومحدش يسألني ليه، على كيفي، ويلا روح على مكتبك ومخصوم منك أسبوعين عشان بتسأل ليه. "

ليقطع ذكريات حسام صوت سمر وهي تقول : سرحت في ايه؟

ليرد حسام بضحك: في طيبة قلبي.

لتهتف سمر بضحك: بلاش أنت يا حسام يا خصومات.

ليضع حسام يده على وجهه وهو يقول بضحك :

- والله كنت بقول كده وخلاص، بس والله ما خصمت من حد حاجة.

ليقطع ضحكهم ظهور دِيمة وهي جالسة على طاولة مكتب شعيب وتضع قدم فوق الآخرى وتنظر لسمر وحسام الذين يجلسون على الأريكة بنظرات باردة، لتهتف بصوت هادئ :

- شعيب فين؟

ليفزع حسام وهو يرجع للوراء بخوف، بينما نظرت سمر لدِيمة بهدوء، فهي قد أعتادت على هذه الأشياء منها، في حين قال حسام بضيق :

- أدعي عليكي أقول ايه بس، يا أنتي يا سي شعيب هتجيبو أجلي بدري بدري.

لينظر لسمر بغيظ قائلًا : وأنتي ايه ما بتتخضيش خالص.

لترد سمر بضحك : أتعودت والله.

ليقطع حديثهم دخول شعيب المكتب، ملامح الأرهاق على وجهه، الحزن يملئ قلبه، خطواته بطيئة، لتنظر دِيمة له، فهي تشعُر بتلك النيران المشتعلة بداخل قلبه وتحرقه، بينما قالت حسام بتعجب: مالك يا شعيب، ايه اللي حصل؟

ليرد شعيب وبدون النظر له، وكان ينظر في الفراغ :

- الكلام طلع صح، وطردت سُفيان من البحر عشان خاين.

لتشهق سمر بصدمة وهي تضع يدها على فمها، فهي لم تتوقع وصول الأمور لهذا الحد، بينما نظر حسام لصديقه بحزن، فهو يعلم أن الأمر صعب عليه للغاية.

بينما قالت دِيمة ببرود : واجهته وقال الحقيقة، وقرر أن الحرب بيني وبينه تبدأ من اللحظة دي، كان عايز يقتلني بس قدرت أنقذ نفسي وأجرحه بالخنجر، وجرح الخنجر ده ما بيروحش، وطرده برا المملكة، و زمانه دلوقتي بيخطط هو وسُفيان عشان يقومو حرب تضدنا.

لينظر لها شعيب بتعجب وهو يقول : هو أكتر واحد غلطان وكان عايز يقتلك.

لتبتسم دِيمة بسخرية وهي ترد : من زمان وهو عايز ده، أنا الوحيدة اللي وقفت في وشه ومسكت الحكم عن أخواتي كلهم، كان الحكم بالنسبة ليهم ملهوش لازمة، وشيراك بالنسباله لو دِيمة ماتت كل المشاكل هتتحل، وهيقدر يفسد زي ما هو عايز.

لتصمت بهدوء وهي شاردة الذهن، فهي وبرغم ثباتها إلا أنها ضعيفة من الداخل، أمر عدم حُب أبيها لها يؤلمها، رغبته في قتلها تشبه سيف غليظ يتحرك على عنقها ببطئ، ليقطع شرودها صوت حسام وهو يُمسك بهاتفه ويقول :

- شعيب، أمل بتقول أن مدير شركة العادلي عايز يجي يقابلك كمان ساعة.

لتهتف سما بتعجب : كامل باشا؟ وده جي ليه؟

ليرد عليها شعيب قائلًا بنبرة هادئة رغم غضبه فور سماع اسمه :

- مش كامل باشا، اسمه "ساردار".

كانت ستتكلم سمر وهي تشعر بالتعجب ولكن قاطعها صوت دیمة وهي تقول : عدوك؟

ليهتف شعيب بنبرة حاول أن تكون هادئة: جدي زمان أدى حكم البحار لسُفيان، وسُفيان بعد ما كبر أداه ليا، كان ليا عم بقى شايف أن كل ده من نصيبه هو وأبنه، و "ساردار" يبقى أبن عمي بس بيحاول يخلص مني عشان الحكم يبقى ليه لآن عمي كبير في السن.

لتهز دیمة رأسها بهدوء، بينما قالت سمر بصدمة :

- مش مصدقة، كامل يبقى عريس بحر! وكمان ابن عمك

ليرد عليها حسام بضحك : ده أنتي لسه هتشوفي معجزات والله.

لتقول سمر بصدمة أكبر : هو في أكتر من كده!

ليهز حسام رأسه بضحك، بينما صمتت سمر بصدمة.

نهضت دیمة من على الطاولة، لتقف أمام شعيب قائلًا :

- على ما أعتقد هو دلوقتي هيستغل عدم وجود سُفيان بأنه يلهيك عن الحكم عشان يغدر بيك ويبقى هو الملك.

ليرد شعيب بتعجب : وده أزاي؟

لتبتسم دیمة بخبث وهي تقول: مشي حسام وسمر وخليهم يكملو شغلهم بهدوء،

وهات راجل من الموظفين يمسك السكرتارية كام ساعة لحد ما نشوف هو عايز ايه، وأنا هختفي وهراقبه.

ليرد شعيب بهدوء : تمام.

ليذهب حسام وسمر لعملهم، بينما أختفت ديمة، وكان شعيب يجلس على مكتبة، ليمر بعض الوقت حتى يطرق الباب، ليظهر الموظف "السكرتير" وهو يقول بأحترام

- كامل باشا جي يا عُمر بيه.

ليقول شعيب بهدوء : دخله.

ليدخل شاب بشعر بُني وعينان خضراء بشكل جذاب، جسدة رياضي متناسق ويرتدي بدلة سوداء، ليجلس بهدوء أمام شعيب وهو يقول :

- أزيك يا عُمر بيه، عاش من شافك.

ليرد عليه شعيب ببرود : الحمدلله يا كامل باشا، خير جاي ليه.

ليضع "ساردار" قدم فوق الآخرى وهو يقول ببرود :

- بص، أنا مش بحب أخلط بين الشغل وحياتنا في البحر، بس بصراحة مضايق قوي بسبب اللي حصل لسُفيان، صدمة وحشة ليك صح؟

ليهتف شعيب ببرود وهو يقول : عايز ايه يا ساردار؟

ليُكمل ساردار حديثه ببرود : خليها كامل باشا بحبه أكتر، أنا جاي في حاجتين، الحاجة الأولى وعملتها خلاص، التانية بقى يا عُمر بيه أنت ضيف عندي لمدة شهر في الفندق بتاعي، وأهو بالمرة تفك عن نفسك شوية.

كان شعيب ينظر له بصمت، لتهمس ديمة في أذنه قائلًا : وافق.

ليتحدث شعيب بهدوء : موافق يا كامل باشا.

ليبتسم ساردار بسعادة، ليقول : مستنيك تشرفني يا عُمر باشا في الفندق بتاعي.

ليذهب ساردار بسعادة، بينما بمجرد رحيله ظهرت ديمة وهي بجانب شعيب، لتتحرك ناحية المقعد وهي تقول: أنا قرأت أفكاره، فعلا هو بيفكر زي ما قولتلك، وشكله ناوي

يلعب عليك، بس بدماغنا أحنا.

ليرد شعيب بتعجب : أزاي؟

لتبتسم ديمة وهي تقول ببساطة : بنت جميلة تلف على عُمر بيه، تنسيه الحكم شهر فيقدر يعمل اللي هو عايزه وياخد الحكم.

لتُكمل بخبث : الفرق أن البنت تبعنا، وأن أمور البحر هتفضل بسبب حد أنت بتأمن ليه هناك يعمل كل حاجة بأسمك، فكده أنت مخسرتش وبرده عملنا اللي هو عايزه.

ليقول شعيب بتفكير : ومين البنت دي.

لتصمت ديمة وهي تنظر له، ثم تهتف بصوت رقيق وهي تقول: أنا يا عُمر بيه.

لتضحك قائلًا بمكر : أنت هتروح فرع غير اللي هو متواجد فيه، وساعتها هظهر وهنلفت أنتباهه، فهيكلمني عشان العب عليك، وأنا كده أقدر أقنع الكل أني شغالة في الفرع ده من زمن الزمن، فكل حاجة هتبقى تمام.

ليبتسم شعيب وهو يقول : أنا النهاردة هخلص موضوع الشخص اللي هيبقى مكاني، وهنسافر فرع الساحل لآنه بيروح الفرع اللي هنا ديما، وبكرا الصبح هنبدأ، جاهزة؟

لتبتسم ديمة بهدوء قائلًا : جاهزة جدا.

✳✳✳

في الشركة العادلي.

كان يجلس ساردار ينتظر مكالمة هاتفية من شخص معين، ليعلم هل ذهب شعيب للفندق القريب من الشركة أم لا، ليأتيه بعد مدة كبيرًا من ذلك هاتف ليجاوب قائلًا بلهفة: - ها يا محسن عملت ايه؟

ليرد الطرف الآخر "محسن" بسرعة : الحق يا كامل باشا، عُمر بيه راح الفرع اللي تبع الفندق في الساحل.

لينهض ساردار بفزع وهو يقول : أزاي ده يحصل! أقفل أنت دلوقتي، أقفل.

ليغلق معه وهو يُمسك بمفاتيح سيارته ليلحق بـ شعيب، ليُتمتم قائلًا بغضب :

- بس برده خططي مش هتبوظ يا شعيب.

ليصعد للسيارة ويبدأ بالقيادة بسرعة، متجهًا لفرع الفندق الذي يوجد بالساحل، بمعنى على بُعد بعض الساعات منه.

بعد عدة ساعات

وصل ساردار للفندق، وكان الليل قد حل، فالخبر لم يأتيه باكرًا، ليذهب لموظفة الأستقبال قائلًا بلهفة: أمل، عُمر هنا صح؟

لترد "أمل" موظفة الأستقبال بعملية: أهلا يا كامل باشا، ايوه عُمر ليه جيه من بدري جدًا وخد أوضة ليه، وهو حاليًا نايم في أوضة رقم ٢٣٦

ليتنهد ساردار وهو يهتف : تمام يا أمل، عايز أوضة ليا عشان هقعد في الفرع هنا.

لترد أمل بعملية : تمام يا كامل باشا، ده مفتاح أوضة ١٠٧ الخاصة بحضرتك.

ليأخذ منها المفاتيح وهو يذهب لتلك الغرفة، ليستريح قليلًا ويبني خطة جديدة هُنا.

في الصباح الباكر

كان شعيب جالس في ساحة الفندق، يشرب قهوته بتلذذ، ويقرأ أحد المجلات، بينما كان يجلس على بُعد مسافة منه ساردار وهو يراقبه بغيظ، فهو لم يعثر على خطة مناسبة حتى الآن، وبينما كان سيد المكان دخلت من الباب الرئيسي فتاة ممشوقة القوام، ترتدي زي العاملين في الفندق والذي كان عبارة عن تنورة بعد الركبة مناسبة لها، وقميص العمل، و لونهم كان أزرق مع أزرار ذهبية، خصلاتها ذهبية قصيرة، عند كتفيها تحديدًا، ملامحها جذابة، وعينيها تتلون باللون البُني، كانت حقًا فتاة فاتنة الجمال بالنسبة للجميع، ومع كل خطوة يُسلم عليها أحد العاملين، وكأنها تعمل منذ سنوات، لتقترب من "أمل" وهي تقول برقة

- قلبي، عاملة ايه؟

لتنظر لها أمل قائلًا بسعادة: همس! أخيرًا جيتي، والله وحشتيني.

لتضحك المدعوة "همس" برقة وهي تقول :

- غصب عني والله، بس كنت مسافرة شهر عشان عملية مامي ما أنتي عارفة بقى يا روحي.

لتنظر همس للمكان، لترا أنظار شعيب المُسلطة عليها، لتهتف لأمل بهمس :

- بقولك ايه، مين ده؟

لترد أمل بهدوء: ده يا ستي عُمر بيه، صاحب "شركات الهلالي"

لتهز همس رأسها بهدوء وهي تنظر له، لتقول وهي ذاهبة ناحية مجلس شعيب:

- هروح أشوفه عايز حاجة ولا لا.

وبمجرد أقترابها من شعيب قالت بنبرة بأحترام ونبرة رقيقة مع أبتسامة جميلة :

- نورت الفندق يا فندم، أقدر أساعدك بـ أي حاجة؟

لينظر لها شعيب ببتسامة هادئة، ثم يرد عليها قائلًا :

- عايز فنجان قهوة، وياريت تجيبيه على swimming pool [حمام السباحة]

لتبتسم همس وهي تقول: أمرك يا فندم.

لتذهب همس بخطوات واثقة، بينما كان يتابعها شعيب، لينهض بعدها ليذهب لحمام السباحة، بينما فكر ساردار في ذلك الموقف لعدة لحظات ثم أبتسم بخبث وهو يذهب وراء همس، ليهتف بهدوء : يا انسة.

لتقف همس للحظات بتعجب، لتنظر ورائها قائلًا بهدوء و رقة:

- كامل باشا، نعم حضرتك محتاج حاجة؟

ليقول لها بهدوء : اسمك ايه الأول؟

لترد همس ببتسامة : همس

ليبتسم ساردار لها وهو يقول لأحد المتواجدين : جهز قهوة لعُمر بيه وأديها لهمس توصلها

لِيُنفذ ذلك الرَجُل أمر ساردار بهدوء، بينما قال ساردار لهمس بابتسامة جذابة:

- أتفضلي يا انسة همس، عايز أتكلم معاكي.

لتبتسم همس وهي تتحرك أمامه، ليجلس كُلًّا منهما أمام الآخر، وكانت تضع همس قدم فوق الآخرى وترتشف الماء، لتضع الكوب ثم تضع يدها على قدميها وهي تقول بابتسامة رقيقة: عايزني في ايه يا كامل باشا.

ليتنهد ساردار قائلًا بابتسامة : عايزك تقربي من عُمر بيه.

لِيُلاحظ تغيُر ملامح وجه همس، وأستنتج أنها ستنهض، لِيُكمل مسرعًا: ما تفهمنيش غلط أرجوكي، أهدي بس.

ليتنهد وهو يُكمل حديثه قائلًا : عُمر ألف بنت تتمناه، بس لو لاحظتي أنه فضل باصص ليكي من ساعة ما دخلتي، الله أعلم، يمكن تعرفي تخليه يحبك، ساعتها هتبقي مرات راجل من أكبر رجال الأعمال في مصر.

لينظر لتعابير وجهها الهادئة، ليبتسم وهو يقول :

- وحتى لو مش عايزة، أنا عايزك طول الشهر اللي هو فيه هنا تشغليه بيكي، متخليهوش يركز في شغله ولا أي حاجة، عايزة خاتم في صباعك.

لتُربع همس يدها أمام صدرها وهي تقول بابتسامة رقيقة :

- ده جهد كبير، مُقابله ايه؟

لِيُخرِج ساردار "دفتر الشيكات" يكتب مبلغ معين ويعطيه لهمس، ليقول بابتسامة جذابة

- دول ١٠ ألاف جنية، وليكي قدهم بعد ما يحصل اللي عايزه، قولتي ايه؟

لتنظر همس للشيك بابتسامة واسعة، لتهتف له وهي تنهض: عن أذنك، هقوم أودي القهوة لعُمر بيه، زمانه مستني.

لتضحك برقة، وهي ذاهبة تضع الشيك في جيب تنورتها، بينما ابتسم ساردار بمكر وهو يقول: هخلص منك، وبعد ما الشهر يعدي البنت دي تموت معاك، وبكده مفيش أي عائق قدامي.

لتضع همس أمام عُمر كوب القهوة وهي تقول برقة : أتفضل يا عُمر بيه.

لينظر لها شعيب قائلًا بتبسامة جذابة: شكرا ليكي، هو ممكن تقعدي معايا؟

لتجلس همس وهي تقول برقة: أكيد، ده شرف ليا.

ليقول لها شعيب بهدوء: اسمك ايه.

لترد عليه بصوتها الرقيق: همس.

ليهتف شعيب بأعجاب: اسمك جميل اوي، شبهك

ليبدأ الحوار بينهم، أحاديث شخصية، وآخرى ممتعة، مرح، ضحك، نظرات أعجاب، و رقة همس في الحديث، وأنتهى اليوم بين أحاديثهم وأعجابهم الواضح لبعضهم البعض.

وقد حل الظلام، وفي غرفة شعيب

كان جالس على المقعد بتعب، فهو يشعُر بالقليل من الأرهاق بسبب حرارة الشمس اليوم، لتظهر فجأه "همس" لتقول له بضحك : ايه رأيك يا عُمر باشا.

ليضحك شعيب وهو يقول: بصراحة أبهرتيني يا "دِمة"، مكنتش متخيل أن الخطة هتمشي بالشكل ده، وكأنها مضبوطة على الشعرة.

لتبتسم "دِمة" وقد تحولت لهيئتها "مصاصة الدماء" لتقول بهدوء: عارفة أن ده اللي هيحصل، وكنت متأكدة كمان، وبعدين بنظرة واحدة في عين كل الموظفين هيحسو أنهم عرفين همس لا وكمان فاكرين ذكريات معاها.

ليهتف شعيب بمرح : لا لعيبة يا بت، المهم اي اللي جاي؟

لترد دِمة ببساطة: هنفضل هنا شهر، على أساس أن همس بتضحك على عُمر بيه، وأن ساردار بعد ما يحكم عالم البحار هيقتل عُمر وهمس، بس الحقيقة أن مفيش حاجة من دي هتحصل، كلو مجرد لعبة.

لتتحرك دِمة وهي تقول بمرح : أشوفك بكرا يا عُمر بيه.

ليضحك شعيب وهو يقول : متنسيش أنتي بس أني عازمك على العشاء بكرا، متتأخريش.

لتضحك دِمة بمرح: حاضر.

لتختفي دِيمة من الغرفة، ليتنهد شعيب وعلى وجهه أبتسامة هادئة

في اليوم التالي، مر النهار بسلام، وقد حل الليل.

كان يجلس شعيب على طاولة في أحد المطاعم الراقية في الفندق، ينتظر قدوم دِيمة، حتى ظهرت دِيمة بهيئة "همس"، وقد خطفت جميع الأنظار بجمالها، وبفستانها الأسود الممزوج بالفضي بشكل رائع للغاية، طويل وأكمامه شفافة، كانت جميلة للغاية، لينظر لها شعيب مطولًا بابتسامة بلهاء، حتى أتت أمامه وهي تقول: آسفة لو أتأخرت عليك يا عُمر.

ليبتسم شعيب وهو يقول : ولا يهمك يا همس.

لينظر للموسيقى الرومانسية التي أنتشرت في المطعم فجأه، ليرا كل ثنائي يذهب لجزء مخصص في المطعم ليرقصو سويا، لينظر لدِيمة قائلًا بابتسامة جذابة: جاهزة؟

لتضحك دِيمة برقة وهي تتذكر ذلك الموقف، فهو حدث مرة في الحرب، ومرة آخرى قبل أن يأتو إلى هُنا، لترد برقة وهي تنظر في عينيه: جاهزة جدا.

ليبدأو بالرقص، خطوات هادئة، نظرات لامعة، ولكن برغم ذلك كانت دِيمة تُراقب المكان بأكمله، فهي لاحظت وقوف ساردار أمام باب المطعم، يبتسم بأنتصار وهو ينظر لهم، فالخطة تُنفذ بدقة عالية، لتضحك دِيمة وهي تقول برقة وهمس :

- مش ملاحظ أن كامل باشا مبسوط أوي.

ليبتسم شعيب نصف أبتسامة وهو يقول : خليه ينبسط، كلها شهر وهو والأنبساط مش هيعرفو بعض.

لتنظر له دِيمة وهي تقول بابتسامة : هو مركز معانا أوي، فلازم نتكلم عشان ما يحسش بحاجة.

ليقول شعيب بهدوء: ماشي، بصراحة عندي فضول أعرف أنتي ليه مزعلتيش لما عرفتي بالأتفاقية، كنت شايفك جامدة كده ومتهزتيش.

لتتنهد دِيمة بابتسامة ألم لترد قائلًا بنبرة هادئة : شيراك كرهني فيه من صغري، أخر مرة قولت لشيراك بابا قبل ما أمسك الحكم، بالنسبة له أنا عدوة ليه، بالنسبة ليا كنت أتمنى أنه يحبني ولو نص حُبي ليه، أمي كانت بشرية وعرفت حقيقته بعد ما أتجوزته، ما أذاهاش

على حسب كلامه ليها بس أذى المملكة، خلاها تُحتل وأهلها يتعذبو.

لتتنهد بشدة وهي تهتف بصوت منخفض : أنا أتوجعت أوي لما عرفت، بس كان لازم أقف وأواجه، مكنش سهل أبدًا أحارب أبويا وأطرده بالشكل ده، بس لو ضعفت هو نفسه اللي هيموتني.

كان ينظر شعيب لها بتألم، ليقول لها بحزن :

- أنتي أتوجعتي أوي، عارفة أني أتوجعت لما عرفت أن أبويا طلع كده، على طول شايف أنه مثلي الأعلى، ولما عرفت أتصدمت أوي، حسيت أن ظهري اللي في الدنيا أتكسر، هو ليا كل حاجة من بعد وفاه أمي، ومعنديش أخوات، يعني أنا وهو بس، ودلوقتي بقيت لوحدي.

لتنظر له وهُناك دموع قد تجمعت بداخل عينيها، لتهتف له قائلًا ببتسامة هادئة :

- أمي طلبت الطلاق بعد ما مسكت الحكم، أخواتي عايشين في عالم البشر يعتبر، وأنا وشيراك الي عايشين في القصر بتاعنا، وعشان أقلل من العداوة بتاعتنا خليته نائب عام للملك، بس ده ما منعش أن كرهه يكتر ليا.

لتتنهد بألم وهي تقول : تقريبا مفيش غيري أنا وأنت ضد أغلى اتنين لينا، فلازم قلبك يجمد، عشان والله لو أبوك عرف بضعفك مش هيفكر لحظة عشان يقتلك، فلازم أحنا الأتنين نقف في وشهم ونبعد كل المشاعر دي، دول أعداء لينا، فلازم نقف في وشهم، أنت لو ركزت هتشوف أن عندك سُفيان وعمك وابنه ساردار، مستنيين غلطة ليك، وأنا عندي شيراك ومملكة فينالين بالملك بتاعهم.

ليبتسم شعيب وهو يهتف : عندك حق.

ليُكمل حديثه لها بمشاكسة : خلينا أحنا نرقص هنا وحسام وسمر بيدعو علينا.

لتضحك ديمة وهي تقول : بصراحة زعلانة عليهم، شايلين الشركة شهر.

ليرد شعيب بضحك : ده حسام عقبال ما نرجع هيبقى الله يرحمه، حسام خصومات الموظفين هيعملو معاه فوق الصح.

لتضحك ديمة على حديث شعيب، لتقول بضحك : بجد مش عارفة ماله ومال الموظفين، ربنا يكون في عونه بجد.

ليظلو يتبادلو الحديث بمرح، بينما ساردار سعيد، ليتحرك ساردار وهو يذهب بعيدًا عنهم: نهايتك قربت يا شعيب، هدمرك ومش هتقدر تقوم تاني، ده أن عشت.

***

في اليوم التالي، في شركة شعيب

كان حسام يُحدث أحد الموظفين وهو يقول : أتأخرت الدقيقتين دول في ايه يا عم محمود؟

لينظر له محمود برعب، فهو يعلم ما سيقوله الآن، لينظر حسام له قائلًا وهو يلعب بالقلم: - تمام، السكوت ده بيدل على أهمال حضرتك، مخصوم لك...

وقبل أن يُكمل حديثه قالت سمر التي تجلس على الأريكة بغيظ : حسام

لتنظر لعم محمود ببتسامة جميلة وهي تقول : روح أنت يا راجل يا طيب.

ليعض حسام على القلم بغيظ، بينما ذهب عم محمود سريعًا، فقد أنقذته سمر من خصم أسبوع أو اثنين، لتنظر لحسام بضحك وهي تقول :

- هو في ايه يا حسام، أنت لو مدتش لموظف ولا اتنين خصم بيجيلك شلل ولا ايه.

لينظر لها حسام بغيظ وهو يقول : خليكي في حالك لحسن هديكي خصم أسبوعين.

لتنظر له بأستفزاز وهي تقول : قولت لعُمر بيه وقالي لو أداكي خصم مش هيتنفذ.

ليضرب حسام بالقلم على الطاولة وهو يقول بضيق :

- والله العظيم هصوت وألم عليكم أمة لا اله إلا الله لو ما سبتونيش أدي خصومات.

لتضحك سمر بشدة وهي تقول : طب وحد الله بس وتعالى أمشيك شوية.

ليوحد حسام الله ويذهب مع سمر، وبينما كانو يسيران لاحظ حسام وجود أحد العاملين في الشركة الذي في أجازة يسير ويُمسك بيد فتاة، لينظر له حسام ثم يمسك به وهو يقول بغيظ: بتقولي أمك تعبانة وعملي فيها الأبن المثالي ومعلش عايز أجازة وأنت تخرج المزة، طب مخصوم منك أسبوعين يا أبن فوزية العامشة.

لتُمسك سمر بحسام وهي تقول بصدمة : أهدي بس يا حسام وتعالى.

ليرد ذلك الشاب بخوف : لا عشان خاطري يا بيه بلاش، والله أسف غلطة ومش هتتكرر تاني والله.

ليصرخ بيه حسام وهو يقول :

- مخصوم منك أسبوعين كمان، روح ضربه في معاميعك معموع معموع معموع، أمشي من وشي يا ابن فوزية.

لتُسحبه سمر وهي تعتذر لهم، لتأخذه مرة أخرى في طريق الشركة، وبمجرد أبتعادهم ضحكت سمر بشدة، لتقول بضحك :

- نفسي أفهم مالك يبني بالواد، ده أكتر واحد خصمت منه، هي فوزية زعلتك في حاجة طيب؟

ليتنظر لها حسام ويضحك هو أيضًا ليقول :

- أستفزني بصراحة، أصل أنا اللي مديه أجازة عشان قالي مامته تعبانة وهيقعد معاها، تاني يوم الاقية خارج مع واحدة.

لترد سمر بضحك : طب يلا قدامي على الشركة، لما نشوف أخرتها معاك يا حسام خصومات.

✹✹✹

وها قد مر على شهر على تلك الأحداث، تقرب كُلًا من دِيمة وشعيب من الأخر، وأصبحت علاقة سمر وحسام هادئة ولطيفة، وأصبح حسام يحاول ألا يُعطي خصومات للموظفين، وها هذا اليوم الأخير في الشهر، كان يجلس شعيب في غرفته يُجهز أشيائه، لتظهر دِيمة وهي تقف على بُعد منه بهدوء، لتهتف له: النهاردة زي ما هو أخر يوم هو كمان الأخطر، فركز على كل حركة النهاردة، وأنا هختفي معاك وهنسي كل الناس اللي كان في هنا بنت أسمها همس.

لينظر شعيب لها قائلًا بمرح: بصراحة الشهر ده كان حلو أوي، أتعرفت على مصاصة دماء وهمس

لتضحك ديمة وهي تقول : وأني عجبتك أكتر يا سي شعيب.

لينظر لها وهُناك لمعة مميزة في عيناه، ليقول بابتسامة : ديمة.

لتنظر له بابتسامة هادئة لتقول : هشوفك تحت بقى.

ليرد شعيب بهدوء : هستناكي.

لتختفي ديمة، فينظر شعيب لأثرها وهو يبتسم بشرود.

كان ساردار يجلس على أحد الطاولات ينظر حوله، ليرا شعيب يسير وخلفة العاملين يحملون حقائبه، لينهض وهو يُحدث شعيب بابتسامة باردة :

- في ايه يا عُمر بيه، ده أنت حتى منور الفندق.

لتنظر ديمة والتي كانت في هيئة همس وتتحدث مع أمل، تُركز على حديث وحركة ساردار.

ليرد شعيب عليها قائلًا : معلش بس ورايا شغل كتير في الشركة.

ليقول ساردار وهو يُحدث شعيب بابتسامة خبيثة :

- تؤ مينفعش كده، لازم تحضر حفلتي بليل، أنت و...

لينظر ورائه على ديمة والتي كانت تُحدث أمل عندما أدركت أنه سيلتف لها، ليُكمل حديثه وهو يقول : وأنسة همس.

ليبتسم شعيب ببرود وهو يقول : وأحنا منقدرش نزعل كامل باشا.

لينظر للعاملين وهو يُكمل : طلعو الشنطة دي بس والباقي على العربية.

ليُنفذ العاملين أمره، بينما ذهب شعيب وهو ينظر لديمة، لتذهب ديمة لتُجهز له قهوته وتنتظره أمام حمام السباحة.

أمام حمام السباحة

تقول ديمة لشعيب بقلق : حاسه أنه ناوي على مصيبة.

ليرد شعيب بشرود : وأنا كمان عندي أحساس بكده، مش مطمن ليه.

لينظر لها وهو يُكمل حديثه : مش أنتي بتعرفي الناس بتفكر في ايه؟

لترد دِيمة بهدوء : لما ببص ليهم، ومفيش رؤية ظهرت لحد دلوقتي.

لينظر شعيب لها وهو يقول : الرؤية يا أما بتساعدك يا أما بتفهمك حاجة.

لتتنهد دِيمة قائلة : ربنا يستر.

لتذهب دِيمة لعملها بينما أسترخى شعيب على المقعد وهو يُفكر فالذي يُخطط له ساردار.

في الليل، وتحديدًا في قاعة راقية جدًا في الفندق، كان ساردار يجلس على طاولة مخصصة له بعيدًا عن الأنظار، ويجلس مع شخص يُعطي ظهره لجميع الحضور و ولى وجهه ناحية ساردار فقط، وفي تلك الأثناء دخل شعيب و وقف قليلًا أمام الباب وهو ينظر للمكان بتفحص، فكان يوجد الكثير من الناس ولكن ساردار كان منفرد في جزء معين من القاعة مع ضيفه الغريب ذلك، لتدخل بعدها دِيمة بهيئة همس وتقف بجانبه، كانت ترتدي فستان ذهبي لامع تحت الركبة وبحمالات رفيعة قليلًا، مع حذاء ذو كعب عالي، لتنظر له وهي تهمس قائلًا: مالك، واقف هنا ليه.

ليهتف بصوت منخفض لها : كنت مستنيكي وبتابع اللي بيحصل، ولاحظت ضيف كامل باشا المجهول ده.

لتنظر دِيمة لمكان ساردار، لتلاحظ ذلك الضيف أيضًا، لتهتف له قائلًا بغموض :

- زي سر الحفلة المجهول يا عُمر، مش يلا؟

يرفع يده قليلًا وهو يقول بابتسامة جذابة : يلا يا همس هانم.

لتُمسك بيده وهي تبتسم أبتسامة رقيقة، ليذهبو للداخل سويا، بينما لاحظ ساردار دخولهم، ليهتف بابتسامة خبيثة:

- أهم وصلو يا باشا، نقدر نبدأ الحفلة اللي على حق بقى.

ليبتسم ذلك المجهول بمكر، بينما أرسل ساردار نادل ليخبر شعيب ودِيمة بالحضور له، ليأتو لهم ومظهرهم وكانهم حبيبان، وبمجرد وقوف دِيمة بجانب شعيب رأت ذلك الضيف المجهول لتُصدم بشدة، بينما نهض الضيف وقال لدِيمة بضحك

- مفاجأة صح؟ بس ما شاء الله همس هانم طلعت حلوه أوي، أوبس، أقصد دِيمة.

لتهتف دِيمة بغضب : سيلاك.

ليتقرب منها "سيلاك" وهو يقول بخبث : ايوه، أي رأيك، مكنتيش متوقعة ده أكيد.

و بمجرد اقترابه من دِيمة وقف شعيب أمامها وهو ينظر له بنظرات باردة، ليهتف له قائلًا ببرود : بصراحة مفاجأة مش لطيفة خالص، الاحسن تمشي من هنا عشان متزعلش.

لتُمسك دِيمة بيد شعيب، لينظر لها ليرا الرؤية التي ظهرت في عينيها، كان ساردار يجلس وحيدًا أمام حمام السباحة، والسعادة تُسيطر عليه، وأخيرًا غدًا سيكون ملك البحار السبع، حلم طال أنتظاره، ليظهر أمامه سيلاك بهيئه مصاصين الدماء المرعبة للبشر، ولكن ليس للعوالم الآخرى، لفزع ساردار قليلًا من تلك المفاجأة ولكن يتعجب بقدوم مصاص الدماء ذلك، ليقول له بتعجب : اي جابك هنا؟

ليرد سيلاك ببرود : جاي اكشف ليك لعبة شعيب عليك.

لينهض ساردار بغموض وهو يقول : قصدك ايه؟

ليهتف سيلاك بابتسامة باردة : البنت اللي اسمها همس تكون مصاصة دماء، واسمها دِيمة، ملكة مملكة چورينال، بتساعد شعيب في خطته ضدك، وتقدر تتأكد من خطتك لو ماشية صح أو لا، وانا موجود هنا.

لتنتهي الرؤية، لتنظر دِيمة بعدها لساردار لتهتف ببرود: وأكيد روحت وأتأكد من الكلام ده في البحر وعرفت أن الأمور ماشية كويس، واتفقت أنت وسيلاك على الحفلة دي.

لتسحب دِيمة شعيب للوراء معها قليلًا، لتُترقع بأصابعها ليسقط جميع حضور الحفلة أرضًا عدا دِيمة وشعيب، وسيلاك وساردار، لتُترقع مرة آخرى ليختفو جميعًا، وبعدها تتحول لهيئتها وشعيب يرفع يده للأعلى لتظهر عصا الملك بيده، لتهتف دِيمة بخبث :

- وبكده نقدر نلعب براحتنا أوي، وكل الناس دي مش هتفتكر أن كان في حفلة بليل، هما بس راحو نامو بدري.

لتضحك وأظافرها تزداد طولًا، لتظهر عصا ساردار والتي تتمتع بقوة أقل من عصا الملك بالطبع، وتحول سيلاك لهيئته، لترتفع دِيمة وسيلاك عن الأرض، وكل منهم ينظر للأخر

بتحدي، بينما أصبح ساردار وشعيب في وضع الهجوم، لتبدأ حرب شرسة بينهم، وقد أُصيب كل من ساردار وسيلاك بشدة، بسبب هجوم ديمة على ساردار تارة وعلى سيلاك تارة آخرى، وشعيب فعل مثلها، كان يُحارب الاثنان معها، حتى وقع سيلاك و ساردار أرضًا، لتهبط ديمة للأرض وهي تأخذ انفاسها بعنف، وشعيب أيضًا، لينظر كلاهما على الاثين الذين لا يستطيعون النهوض حتى، لينظر سيلاك الذي وجهه أصبح مليئا لديمة الجروح التي تبتسم بأنتصار، ليقول لها بصوت ضعيف :

- اليوم اللي طردي شيراك فيه، هو مكنش في حته، أتهيئ على شكل ميانا وشربك دم بشري.

لتنتفض ديمة بصدمة، بينما نظر لها شعيب بخوف عليها، في حين أمسك سيلاك يد ساردار وأختفو من المكان، ليذهب شعيب ويقف أمام ديمة وهو يقول لها بقلق: ديمة أهدي، أكيد كانت كمية صغيرة.

لتنظر ديمة لشعيب الدموع تتجمع في عينيها قائلًا بألم: لا، شرب كمية كبيرًا عشان كنت متعصبة ومضايقة يومها، مــ... معقول توصل بشيراك أنه يعمل فيا كده! يشربني دم بشري! هو للدرجة دي بيكرهني.

لتبدأ بالبكاء بقوة، لينظر لها شعيب وهو يُمسك يدها، لا يستطيع قول بها شيء ليهتف لها قائلًا بألم وهو يرا حالتها :

- أهدي، مش قولتي لازم نجمد، أحنا دلوقتي لازم نشوف وندور على حل مش نقعد نعيط بسبب صدمتنا فيهم، لازم تبقي قوية يا ديمة.

لتغمض عينيها وهي تحاول التماسك، لتفتح عينيها فجأه وهي تقول بصوت مرتجف :

- بــ... بس القمر قرب يكتمل.

ليقول لها بعدم فهم: يعني ايه؟

لترد ديمة وهي تُمسك بيد شعيب بشدة وهي تنظر له بعيون خائفة: اليوم ده بنبقى ضعاف أوي، وبشربي لدم بشري هيضعفني أكتر، بس أنا لحد دلوقتي مش متعطشة لدم بشري.

لتختفي فجأه هي وشعيب ويظهرو في مكان غريب على البر وأمامهم بيت في منتصف الماء، ليقول شعيب بتعجب :

- جبتينا هنا ليه.

لتهتف هي بسرعة : أنا مخبية صندوق شيراك هنا، المكان ده محدش يقدر يدخلو إلا بيأذني.

ليحمل شعيب دِمة وهو يقول بقلق : بصي بلاش تستخدمي قوتك كتير وأنتي في الحالة دي، هي الميا غلط عليكي؟

لتبتسم دِمة له وهي تقول : لا متقلقش.

ليبتسم شعيب ويأخذها ويهبط للماء، ليتحول لعريس بحر، ليسبح بها حتى قطعة الأرض التي عليها البيت، ليتحول لبشري ويقف وهو يحملها أمام البيت، ليُفتح الباب ويدخل شعيب بدِمة، ثم يُنزلها بهدوء، لتنظر دِمة للصندوق وتقترب منه، لتنظر دِمة لشعيب، لتقول : الصندوق بيفتح بدمي.

لينظر لها شعيب بقلق وخوف، فهو ادرك أنها ستجرح نفسها الآن، لتطول أظافر دِمة فجأة، وتأتي عند جزء معين من يدها وتجرحه بأحد أظافرها بشدة، ليغمض شعيب عيناه، فهو لم يستطع مشاهدة دِمة وهي تُجرح لسبب لا يفهمه، ليُخرِ قماشة بعد فتح القفل ويربطها على مكان الجرح وهو يقول بصوت حنون: هو حل المشاكل دِيما هيبقى بجرحك؟

لتبتسم له وهي تقول بصوت هادئ : للأسف بس أعمل ايه غير كده، هو اللي عمله بيفتح بدمي.

ليرد عليها شعيب وهو ينظر لها بهدوء : تقدري تخليه مفتوح على طول.

لتتنهد دِمة وهي تقول : ده اللي هيحصل، ولو حصلي حاجة هيرجع ويتقفل، هيفتح من نسلي بس.

لينظر لها شعيب بلوم قائلًا: بعد الشر، روحي يلا شوفي عايزة ايه من الصندوق ده.

لتبتسم له وهي دِمة وهي ذاهبة للصندوق، لتُخرِج كتاب خاص بعالم مصاصين الدماء، وبمجرد أن أخرجته رأت جوهرة خضراء لامعة صغيرة، لتُخرجها وهي تقول بتعجب: أزاي؟

شيراك قالي أنها ضاعت.

لتُخرج دِيمة سلسلة في رقبتها، كانت سوداء بشدة، ولكن في نهايتها يوجد مكان صغير فارغ، لتضعها دِيمة بها لتُضيء الجوهرة بشدة، لتبتسم دِيمة، وبعدها تُمسك بالكتاب وتفتحه، وشعيب بجانبها، من القراءة عرفت دِيمة أن يوجد حيوان إن شربت من دمائه لن تتعطش لدماء البشر، فأصر شعيب أن يُحضر دماء ذلك الحيوان لها، وبالفعل يذهب لها ويقتله بعد مجاهدة شديدة معه، ثم يُحضر لها دماء البشر لتشربه، لتنظر له بعدها وهي تقول بتنهيدة

- كده مش هتعطش لدم البشر، بس هضعف.

ليقول شعيب لها بابتسامة : إن شاء الله خير يا دِيمة.

لتبتسم له وهي تقول : إن شاء الله، بإذن الله بكرا نروح نجيب سمر وحسام ونقعد كلنا في بيت تاني قريب من ده، بس على البر عادي دلوقتي هروح المملكة وأنت روح للبحر، أكيد في حاجات محتاجة تضبط.

ليهز لها رأسه وهو يخرج معها للخارج، لينظر لها بابتسامة وهو يقول : ماشي، سلام يا دِيمة، أشوفك بكر.

لتنظر له بابتسامة وهي تقول : أكيد، سلام.

ليذهب كل منهم من طريق مختلف، ولكن يوجد شيء ما خفي داخل قلوبهم يجمعهم، ولكن ما هو؟

***

مر على أخر حدث ثلاث أيام، وكان يجلس كُلًّا من شعيب ودِيمة وحسام وسمر في ذلك البيت الهادئ.

كانت دِيمة تُمسك بمذكراتها، تكتب بقلمها وعلى شفتيها أبتسامة رقيقة، لتجلس سمر بجانبها وهي تقول بضحك : لسه سايبة حسام مع شعيب فوق، بس الله يكون في عون شعيب من حسام والله.

لكن دِيمة لم تكن تنتبه لحديث صديقتها، بل كانت شاردة في حديثها على الأوراق، لتنظر سمر لها بتعجب : دِيمة، أنتي يا بنتي روحتي فين؟

لتنظر لها دمية بأنتباه وهي تترك مذكراتها : معاكي معاكي، بصي أنا هروح أشوف الكتاب ده يمكن يفيدني في حاجة.

لتنهض بتوتر وهي ذاهبة للقراءة في كتاب مصاصين الدماء، فهو بداخله كل شيء عن ذلك العالم الغامض، لتنتبه سمر لمذكرات دمية التي بجانبها، ليتسلل لها الفضول عندما تراها مفتوحة، لتُمسك بها وهي تقرأ ذلك الصفحة

"لا أعلم أن كان هذا صحيحًا، ولكني أعلم أن قلبي قد وقع بحب عيناك الزرقاء، التي تسحبني لأعماق الماء لأغرق وأنا سعيدة، لأنني أغرق في بحورك أنت، ولكن على أي حال بالنسبة للجميع هذه جريمة شنيعة، وعلى أي حال أيضًا سأظل أغرق في بحورك سيدي"

لتضحك سمر بخفوت، كانت سعيدة لدرجة الصدمة، لتحاول إيجاد صفحات أخرى بنفس الأسلوب، قلبها يُريد أن يطمئن، ويعرف هل فكر بطريقة صحيحة أم خاطئة، لترا صفحة أخرى

"هل دقات قلبي تعلو عند رؤيتك، وتغمُرني سعادة غريبة، ترا خطواتي سريعة نحوك، لأقف أمامك، أراك بوضوح، أتأمل تعابير وجهك بأشتياق، بالرغم أنها أمامي دائمًا، أهذه إشارة عن بدء رحلة مليئة بالعشق، أم رحلة تمتلئ بالألام لقلبي"

لتأتي سمر بصفحة أخرى بسرعة

"ليس يوجد بيننا رابط، ولكن هُناك رابط خفي يربط روحي بك، لا أعلمه ولكنه يتحكم بي، يجعلني أتصرف مثل فتاة مراهقة أعجبت بشاب ما، فتُتابعه ولكن لا تُخبره بأعجابها مهمة حدث، وهذا حالي معك، ولا أستطيع تغييره، فالقلوب لا يحكمها سوى رب القلوب"

لتبتسم سمر أبتسامة بلهاء وهي تنظر لدمية بسعادة شديدة، لتأتي بصفحة أخرى والسعادة تغمرها من أجل صديقتها

"لا أملك قلبك، ولا روحك، فكيف يُمكنني أن أملُكك؟ فأنا مُجرد فتاة تُساعدك وتُساعدها، ولا أستطيع أبعادك عن بقية الفتيات، فليس يوجد بيننا علاقة حب واضحة، ولا يوجد رابط الزواج، حسنا أيُها الحبيب، سأحترق بصمت"

لتضحك سمر والدموع أصبحت تتجمع في عينيها، لتنظر لها دمية على أثر صوت ضحكاتها لتقول بتعجب : مالك يا سمـ...

لتصمت وهي ترا مذكراتها في يد صديقتها، حسنا لقد كُشف أمرها بالفعل، لتنهض دِيمة بسرعة وتسحب مذكراتها من سمر بتوتر شديد، بينما نظرت لها سمر وبداخل عينيها دموع تحمْل من السعادة الكثير لأجل صديقتها المُحبة، لتهتف سمر بصوت خافت سعيد :

- دِيمة، أنتي بتحبي شعيب!

لتُبعد دِيمة نظرها عن سمر بتوتر وخجل شديد، لترد بصوت منخفض :

- وهيفيد بـ ايه والحب ده مستحيل، مستحيل يا سمر.

لتُمسك سمر دِيمة من أعلى ذراعيها وهي تهتف بسعادة :

- لا يا دِيمة، انتي حكتيلي أن جواز العوالم من بعضها مش بيأثر في اي حاجة، يعني تقدري تتجوزي شعيب عادي وتعيشو سوا وتخلفو كمان.

لترد دِيمة والدموع تملئ عينيها بألم : بس قربي من شعيب بيأذية يا سمر، شيراك وسيلاك دلوقتي بيتمنو يقتلوني، ولو شعيب ظهر هيبقى في خطر على حياته، وأنا مش هسامح نفسي لو حصله حاجة.

لتهز سمر دِيمة برفق وهي تقول ببتسامة سعيدة :

- يا غبية، حبكم و وجودكم سوا يخليكم تقدرو على كل الناس دي.

لتبتسم دِيمة أبتسامة متألمة وهي تُردد :

- أنا اللي بحبه، بس هو مش بيحبني، وهيحبني بتاع ايه.

لتضم سمر دِيمة وهي تهمس بلُطف: هيحبك عشان قلبك طيب وجميل شبهك، هيحبك من حُبك ليه، أن مكنش بيحبك أصلا.

لتتنهد دِيمة وهي تضم سمر، تحاول أن تُطمئن قلبها، لتقول دِيمة لسمر بخفوت :

- أنا رايحة أنام، تصبحي على خير.

لتذهب دِيمة، لتهتف سمر ببتسامة هادئة :

- وانتي من أهل الخير، ربنا يجبر بقلبك يا صحبتي ويحبك شعيب زي ما بتحبيه وأكتر، وتفضلو مع بعض لأخر العمر.

في صباح اليوم التالي

كان يجلس حسام وسمر على الأريكة، ليهتف حسام قائلًا بمرح :

- مش ملاحظة أن علاقتهم مختلفة، حاجة جديدة كده ما تتفهمش.

لتضحك سمر وهي بتقول له :

- وقد عشق ملك البحار مصاصة الدماء.

ليرد حسام بضحك : ايوه والله، مكس عجيب غريب ملهوش تفسير، على ما أعتقد أنتي هتبقي خالة الذئب الصغير.

لتنفجر سمر ضاحكًا وهي تهتف: والله أنت فاهم العوالم غلط يا بني والله.

ليقطع حديثهم نزول شعيب وهو يُلقي نظرة على المكان بأكمله، ليهمس بصوت منخفض: هي مش هنا كمان، راحت فين دي؟

ليقول بصوت شبه عالي : يا جماعة، حد شاف ديمة النهاردة؟

لترد عليه سمر بتعجب قائلًا : لا مشفتهاش خالص، يمكن في الأوضة بتاعتها

ليقول شعيب بسرعة وقلق : بس أنا روحت أوضتها وخبط ومفيش رد ولما فتحت ملقتهاش، هتكون راحت فين؟

لتتنهد سمر بالقليل من القلق وهي تقول :

- طيب نستنى لحد قرب الليل ولو مجتش ندور عليها.

ليجلس شعيب بجانبهم وهو شارد، والقلق يحتل ملامحه، لتنهض بعدها سمر لتُحضر الطعام والعصائر، بينما اقترب حسام من شعيب قائلًا بهدوء :

- اي يا باشا، وقعت ولا ايه؟

ليتنهد شعيب ثم يقول بشرود : تقريبا كده يا حسام.

ليتنهد حسام وهو يرد : أزاي؟

ليرجع شعيب ظهره بهدوء وهو يهتف ويُفكر بدِمة: معرفش، بس حاسس أنها مسؤولة مني، وأن ما ينفعش أسيبها لأي سبب كان، مستعد أعرض حياتي للخطر مقابل أنها تعيش في هدوء وسلام، يومي بيبقى تقيل لو ما شوفتش وشها، وفي حاجة بتخليني ما أبعدش، بس كل اللي أعرفه أني عايز أشوفها دلوقتي.

لينظر لحسام بقلق شديد وهو يُكمل: حاسس أنها مش بخير يا حسام، عايز قلبي يطمن عليها.

ليربت حسام على كتفه وهو يهتف ببتسامة هادئة: متقلقش يا صاحبي، هترجعلك وهتطمن عليها.

ليهتف شعيب برجاء : يارب.

مر النهار ببطئ شديد على شعيب، وعيناه ترتكز على باب المنزل، لعلها تأتي في أي لحظة، ولكن خابت ظنونه، ليضع رأسه بين يديه والحزن يملئ قلبه، وكاد أن يرفع رأسه ببطئ ولكن لاحظ في يده خاتم، ليتذكر ذكرة منذ يومين تقريبا

-أمسك يا شعيب، لو أختفيت في يوم أو حصل حاجة وعايز توصلي بص للخاتم ده وقول "تشيا" وهتعرف طريقي

ليرد شعيب على دِمة بتعجب : ليه كل ده؟

لتهتف دِمة ببتسامة هادئة : أحتياطي والله متقلقش.

ليتنهد شعيب وهو يرد عليها قائلًا: تمام هاخده.

لتبتسم له دِمة بهدوء، بينما هو لم يفهم لماذا تعطيه ذلك الخاتم الأن، ولكن سيأخذه منها ليطمئن قلبها فقط ليس إلا.

لينظر شعيب للخاتم، لينهض وهو مذال ينظر له، ليغمض عينيه للحظات وهو يهمس : تشيا.

ليهتز البيت للحظات، صرخت سمر بقوة وأمسكها حسام قبل أن تسقط، ليهتف حسام بصرخ وفزع: ايه اللي بيحصل؟

لكن كان شعيب ثابت ويغمض عيناه، لتظهر فجأة أمامه فتاة ترتدي مثل ملابس دِيمة، ولكن خصلاتها سوداء وعينيها تُشع باللون الأخضر الزاهي، لتهتف له بصوت هادئ

- أنا تشيا أخت دِيمة، محتاجني في ايه؟

ليفتح شعيب عيناه وهو يقول بجمود : عايز أروح لمكان دِيمة.

لتقترب منه بهدوء، ثم تغمض عينيها وهي تُمسك بيده، ليختفي كلاهما من المنزل بأكمله، بينما أعتدل سمر وهي تقول بخوف :

- شكل حصل حاجة خطيرة لدِيمة، أكيد في مصيبة حصلت.

ليقول لها حسام بنبرة هادئة قليلًا : خير إن شاء الله.

ظهر شعيب مع تشيا في مكان غريب، من الواضح أنه مكان في عالم مصاصين الدماء، بالأرض السوداء والخطوط الحمراء المُشعة، لتُبعد تشيا يدها وهي تقول بهدوء :

- دِيمة وراك.

لينظر شعيب ورائه بلهفة، ليرا على بُعد مسافة كبيرا منه دِيمة تجلس في الأرض وترتعش بألم، والضعف واضح عليها، ومُسلط عليها ضوء شديد وكأنه يُضعفها، ليركض عليها بسرعة وقلبه يتمنى لو يخرج منه ليصل بها أولًا، وبمجرد أقترابه منها سقط بجانبها في الأرض، ليضع يديه على وجنتيها بفزع والدموع تترقرق في عيناه، ليهتف بلهفة وخوف: دِيمة، مالك؟

لتنظر له دِيمة بضعف شديد، لتهتف له بصوت ضعيف وجسد مرتعش: النهاردة ليلة أكتمال القمر، وكمان القمر بقى أحمر النهاردة.

ليرد شعيب بقلق وخوف : يــ... يعني ايه؟

لترد عليه تشيا من خلفه بهدوء : يعني كل مصاصين الدماء قوتهم بتضعف، بس دِيمة قوتها ضعفت أكتر عشان الكمية الكبيرة من الدم البشري اللي شربته، والنهاردة مملكة قينالين قررو يحاربو دِيمة لوحدها.

ليوجه شعيب نظراته لدِيمة بخوف شديد، ليهمس لها قائلًا بخوف :

- دِيمة أنتي ممكن يحصلك حاجة، تعالي نروح يلا.

لتُمسك دِيمة يد شعيب التي على وجنتها وهي تقول بضعف وخوف :

- مش هينفع، روح أنت يا شعيب، أنا مش عايزاك تتأذى.

لينظر لها بعيناه التي تملئها الدموع، ليهمس لها بخفوت :

- مش هسيبك ولو على موتي.

لترد دِيمة والدموع تهبط من عينيها :

- أمشي يا شعيب، لو حصلك حاجة مش هقدر أستحمل.

لتسند رأسها على كتفه وهي تبكي بضعف، بينما يربت شعيب عليها بألم والدموع تهبط من عيناه بصمت تام، ولكن قاطعتهم تشيا وهي تهتف بسرعة :

- أهل مملكة فينالين جايين يا دِيمة.

لترفع دِيمة رأسها وهي تنظر لشعيب برعب، لتهتف موجهه حديثها لتشيا :

- خدي شعيب يا تشيا، متخليهوش يدخل.

ليُحرك شعيب رأسه نافيًا : دِيمة مش هسيبك لوحدك.

لتبكي دِيمة وهي تُمسك بيده وتضغط عليها بضعف :

- أرجوك يا شعيب سيبني.

لينظر لها شعيب بألم، بينما أمسكت به تشيا سحبته وقالت في أذنه :

- متقلقش، أنا مش هسيب أختي يحصل ليها حاجة، ولو حسيت أنك تقدر تساعدها هسيبك تساعدها، بس أستنى شوية.

لينهض معها وعيناه معلقة على دِيمة التي لا حول لها ولا قوة، بينما بمجرد أبتعاد تشيا وشعيب بمسافة كافية ليتفادو تلك الحرب، نظرت تشيا لشعيب للحظات، ليظهر شعاع قوي للغاية يلتف حول شعيب يثبته مكانه لكي لا يذهب لدِيمة، ليصرخ شعيب بغضب والدموع تهبط من عيناه: ليه بتربطيني؟

لتهمس له تشيا : عشان دِيمة تطمن، بس وعد وقت أحتياجها ليك هفكك.

ليصمت شعيب وهو يتابع ما يحدث بقلب متألم.

وعلى الناحية الآخرى وصل شيراك ومعه سيلاك وأهل ڤينالين، ليقترب شيراك من دِيمة الملقاه أرضًا، ليهمس لها بنبرة شامتة: جي اليوم اللي كنت بحلم بيه بقالي كتير، يوم موتك يا بنت ندى.

لتنظر له دِيمة بنظرة محتقرة، لتهتف له بصوت حاولت أن يكون جامد :

- وأنا هدفي أن أحلامك ما تتحققش، فـمتفرحش بسرعة كده.

لتضحك بسخرية وهي تنظر في عيناه بثبات، ليضرب شيراك دِيمة في معدتها بقدمه بقوة، لتصرخ من شدة الألم الذي أصابها أثر تلك الضربة، أبتعد شيراك عنها وهو يقول لسيلاك ببرود :

- روح أنت و أربع جنود من جيشك يا سيلاك، هي ضعيفة ومش هتستحمل واحد أصلا.

ليضحك بسخرية في نهاية حديثه، ليبتسم سيلاك بخبث وهو يفعل ما قاله له شيراك، ليلتف حول دِيمة سيلاك و أربعة من جنوده، لتنظر لهم ببرود، وتبدأ بالنهوض، ومجرد نهوضها أنهالو عليها بالضرب، لتمر عدة دقائق لتقع دِيمة على الأرض وهي تغمض عينيها بتعب، والدماء يسيل من جسدها كله، ليصرخ شعيب الذي كان يرا ذلك المشهد، صرخة تحمْل من الغضب والرفض الكثير، لينظر له شيراك ولأبنته ليقول بمكر :

- سيلاك، أحنا هنقتل بس دِيمة بالخنجر وبعدين نقتل تشيا وشعيب، كده كده كان لازم يموتو.

لينظر لدِيمة التي شبه غائبة عن الوعي، ليمسك بخنجره وهو يقترب منها ببطئ، وأبتسامة النصر ترتسم على شفتاه، ليهتف وهو أمامها وهي ملقاه أرضًا: موتك على أيدي يا دِيمة.

ولكن قبل أن يُكمل حديثه فُتحت عيون دِيمة بشدة ولونها أسود بالكامل، لتنهض من على الأرض بسرعة البرق وتبقى في السماء وهي تنظر لهم بعينيها التي تدل على مدى شرستها وعنفها الآن، ليُصدم شيراك وهو يقول : أزاي؟

لتبتسم دِيمة بغضب وهي تهتف بصوت عالي :

- مش أنتم عايزين حرب؟ وأنا مقدرش أرفض ليكم طلب بصراحة.

لتضحك بسخرية وهي تختفي بسرعة وتظهر خلف أحد الجنود الذين كانو يضربوها منذ دقائق، لتغرز أظافرها الطويلة للغاية في عنقه ثم تسحبها بقوة، لتقع رأسه وجسده سويا، لتبتسم بمكر، لتهتف بمرح :

- أول ضحية حرب من عندكم، حلو اوي صح؟

لتبدأ بمحاربتهم بوحشية لم تملكها من قبل، وكأن ضوء القمر أعطاها طاقة ليس أضعفها، وبسبب ضعف البقية فكان من السهل عليها قتلهم بكل سهولة، ولكن هذا لا يعني أنها ستفوز حتمًا، فجيش ڤينالين لا يقل عددًا وقوة عن جنود چورينال، وبينما كانت تُحارب كان يوجد الكثير حولها، ليفك الرباط عن شعيب، ليرفع يده للأعلى لتظهر عصاه، ليذهب نحوهم بغضب كفيل أن يحرق المكان بأكمله، فهو لم ينسى ضرب ديمة أول الحرب، ليبدأ بفتك دماء جنود ڤينالين بشراسة، ولكن لم تلاحظ ديمة وجوده لأنشغالها بشيراك وسيلاك، فهم يحاولون الهرب، وهي الآن تريد دمائهم فقط، ولكن أثناء ذلك كان يوجد أحد الجنود خلف ديمة ومعه الخنجر، وكان سيطعنها، ليركض شعيب مسرعًا وساعده وجوده على بُعد مسافة قصيرة منهم، ليأخذ هو الطعنة ليقع أرضًا، لتلتفت ديمة ورائها لترا ذلك المشهد، لتقف لعدة لحظات بصدمة وهي ترا شعيب مُغمض العينين وجرحه العميق الذي ينزف بغزارة، لتنظر له للحظات وتفعل حركة معينة بأصابعها ليقف دماء شعيب لكي لا يهلك، لتنظر للذي جرح شعيب نظرة نارية وهي تهجم عليه وتجعله أجزاء مفككة، لتنظر لبقية الجنود وتبدأ بمحاربتهم بشراسة شديدة، بينما أختفى شيراك وسيلاك خوفًا بأن يكون مصيرهم مثل مصير جنود ڤينالين، بينما هي بعد وقت قصير أنتهت من جيش ڤينالين ذهب ركضًا لشعيب، لتضع يدها على وجنته بخوف وهي تهمس له: مش هيحصلك حاجة، أوعدك.

لتسمع صوت تشيا وهي تقول لها بنبرة جامدة : ديمة، خلينا نروح البيت ونشوف كتب مصاصين الدماء، ممكن نقدر نعالجه.

لتُحرك ديمة رأسها بتأييد، ليختفي كُلا من ديمة وتشيا وشعيب.

في قصر ديمة بـمملكة چورينال

كان شعيب مستلقيا على فراش ديمة بهدوء تام، بينما ظهر كتاب مصاصين الدماء أمام ديمة وبدأ بتقليب الصفحات بعشوائية، حتى وقفت عند صحفة معينة، لتقرأها ديمة بلهفة،

ولكن بعدها كانت جامدة، لترجع للوراء بهدوء وهي تنظر لشعيب، لتقف أمامه ومذالت وعينيها معلقة عليه بألم يعصر قلبها بدون رحمة، بينما أقتربت تشيا وقرأت ما في الورق، لتهتف بغضب وهي تنظر لديمة: ديـمـة، أياكي تفكري تنفذي الكلام ده.

لترد ديمة ومذالت تنظر لشعيب : وليه لا؟

لتقول تشيا بغضب : أنتي فاهمة عايزة تعملي ايه، الكتاب بيقول عشان نعالج جرح أي حد من العوالم التانية وأصاب بخنجر مصاص دماء لازم ملك مصاصين الدماء هو اللي يعالج جرحه، وأنتي عارفة أن الملك اللي ماسك حكم مصاصين الدماء دلوقتي قاسي وعمره ما هيقبل من غير مقابل، وطلباته تعجيزية أو مؤذية.

لتهتف ديمة وهي تقول بغموض : والكتاب قال أسلم حل لو مش عايزة أنفذ طلباته أحاربه.

لتصرخ بها تشيا بغضب : ديمة بطلي جنان بجد، أنتي النهاردة على قد القوة اللي جاتلك على قد ما أنتي ضعيفة قدام "روكا" ملك مصاصين الدماء.

لتصرخ هي الآخرى ديمة بألم : ما يا أما أنقذ شعيب يا أما أموت معاه، مفيش حل تالت يا تشيا.

لتُكمل بغضب والدموع تهبط من عينيها : مش مهم أعيش ولا أموت، المهم شعيب يعيش، أنتي فاهمة.

لتخرج ديمة بغضب، وهي تنوي على محاربة "روكا" ملك مصاصين الدماء، بينما كانت أختها حزينة عليها بشدة، لتجلس تشيا في الغرفة تحرس شعيب من أي خطر قد يأتي في أي لحظة.

أمام قصر كبير، مظهرة مرعب مع لمسات جذابة، ضوء القمر يسقط عليه ليُظهر لون القصر الأسود والذي يعطيه رهبة خاصة، كانت تقف ديمة وهي تتنفس بعنف، فهي غاضبة مما حدث اليوم، ولكن أغمضت عينيها وتذكرت شعيب، ذلك الذي أصبحت تحبه، وتدفع ثمن حياتها الآن لأجل بقائه على قيد الحياة، لتتنهد وهي تنظر للقصر بتحدي، لتدخل بكل كبرياء وثقة، ليظهر الملك "روكا" ضخم الحجم وطويل القامة، على ما أعتقد فهي بحجمها مجرد طفلة تعيش شهورها الأولى، لتهتف ديمة بصوت عالي للغاية: روكا، أريد قوتك لشفاء جرح أحد المتحولين من العوالم الآخرى.

لينظر لها روكا والذي كان يجلس على عرشة ببرود، ليرد عليها قائلًا: لا يوجد شيء بدون مقابل، أعطيني قواكي وسأشفي ذلك الجرح للمتحول.

لتضحك دِمة بسخرية وهي تقول : وأنا لم أطلب منك لأنفذ نا تطلبه، لا يا ملك روكا، أنا قُلت أريد قوتك، وليس أريد مساعدتك.

لينهض روكا وهو ينظر بها بسخرية ويهتف : حسنا، أنها الحرب يا أميرة چورينال.

لتطير دِمة لتصبح أمامه، لتبدأ حرب بينهم كان الخصم الأقوى روكا بلا منازع، بل وقد سحق دِمة في تبك الحرب، وبينما كانت أستخدمت دِمة جميع قواها وأصبحت على الأرض تأخذ أنفاسها ببطئ لتأتي لها رؤية، شخص عجوز يقف أمام شاب بسيط، ليقول له العجوز بهدوء

- بص يا أبني، الخنجر ده بيقتل ملك مصاصين الدماء، فعايزك تشيله في مكان أمن.

لينظر له ذلك الشاب ببتسامة قائلًا : حاضر يا جدي.

ليأخذ منه الخنجر الفضي ويضعه بشكل محترف على أحد العواميد التي في القصر، ليظهر وكأنه جزء من العمود، ولكنه منفصل، لتنهض دِمة بسرعة البرق وتذهب على ذلك المكان وتمسك بالخنجر، لتتوجه بالخنجر الفضي نحو روكا بكل قوتها لتغرز الخنجر مكان قلبه، ليدخل الخنجر وتصحبه يد دِمة ليصرخ روكا صرخة قوية ليبدأ بالتحول لرماد، ومجرد أن حدث هذا خرج من روكا ضوء شديد الأحمرار يهجم على دِمة لدرجة سقوطها على الأرض بعنف، ولكن ظل الضوء الأحمر يدخل بجسد دِمة بعنف حتى أصبح كل الضوء وما يحمله من طاقة لملك مصاصين الدماء بداخل دِمة الآن، وهذا معناه أن دِمة لم تعد حاكمة چورينال فقط، بل ملكة مصاصين الدماء، لتتنهد دِمة بقوة، وتنهض ببطئ شديد، ومن ثم تنظر حولها لترا صورة كبيرا لها على الحائط، بمعنى أنها هي ملكة هذا القصر، والصورة تختلف في كل مرة يأتي حاكم جديد، تنظر حولها لأخر مرة قبل أختفائها من المكان بأكمله.

ظهرت دِمة مرة آخرى في غرفتها، لتنظر لها تشيا بصدمة وهي ترا يدها والتي تمسك خنجر يتساقط منه قطرات من الدماء، لتهتف بصدمة :

- قدرتي تغلبي روكا وجبتي الخنجر اللي بيموت الأمراء!

لترد ديمة بصوت هادي : الخنجر ده هتخلص منه، بس دلوقتي محتاجة بس أعالج شعيب.

لتذهب عند شعيب وتضع يدها على جرحه ثم تغمض عينيها، ليبدأ الجرح بالأختفاء تدريجيًا، لتتحسس ديمة بعدها نبضه، لتراه منتظم، لتتنهد وهي تقول :

- هروح أتخلص من السيف وجية.

لتهز لها تشيا رأسها، بينما أختفت ديمة لتفعل ما قالته.

بدأ شعيب بأستعاد وعيه ببطئ، لينظر بجانبه ليرا ديمة جالسة بجانبه وهادئة للغاية، ليقول بصوت هادئ: هو حصل ايه؟

ولكن لم ترد عليه ديمة، بينما قالت تشيا بهدوء :

- أتصابت بجرح عميق، وعلاجك الوحيد أن ملك مصاصين الدماء يعالج جرحك، فديمة راحت حاربته وقتلته وبقت ملكة مصاصين الدماء، وعالجتك، أنا ماشية بقى.

لتختفي تشيا، بينما نظر شعيب لديمة بعيون لامعة، بينما كانت ديمة تحاول جاهدة ألا تنظر له، فقلبها قد أطمئن عليه، وهي لا تريد شيء سوى هذا، ليهمس لها شعيب قائلًا :

- ليه عملتي كده؟

لتتنهد ديمة وهي ترد دول النظر له: مش أنت قولت مش هسيبك لو على موتي؟ أنا بقى وعدتك وأنت متصاب أن مش هيحصلك حاجة، زي ما وفيت بكلامك وفيت أنا بوعدي.

لتنهض وهي تُمسك يده وتقول :

- نلحق نرجع لسمر وحسام، زمانهم قلقانين علينا أوي.

ليبتسم شعيب بهدوء وهو يقول : ماشي.

يختفو ويظهرو في البيت الذي يسكن جميعهم فيه، ليبدأو بسرد ما حد لهم، لينتهي اليوم بشكل طبيعي للغاية، ولكن ماذا يُخبئ القدر لهم...؟

*** ❋ ***

في اليوم التالي

كان شعيب في غرفته شارد الذهن، حتى يقطع شروده طرقات الباب العالية والمزعجة، والتي تحولت لطبول، ليقول شعيب بضيق: أدخل يا عم صدعتني.

ليدفع حسام الباب بقوة ويدخل ثم يغلقه خلفه، ليقول له بمرح : سي شعيب اللي ناسيني.

لينظر له شعيب بضيق وهو يقول : عايز ايه؟

ليجلس حسام بجانبه بأهمال وهو يقول: كل خير يا حبيب أخوك.

ليهتف شعيب بغيظ: ايه، عمارة و وقعت جنبي

ليرد حسام بمرح: الله يسامحك، المهم يعني، هو ممكن سمر تمسك فرع فرع من الشركة وأنا فرع الرئيسي؟

ليقول شعيب بنصف عين: ليه؟

ليهتف حسام ببراءة مصطنعة: هو...أصل...

ليقاطعه شعيب بنفاذ صبر: أنجز.

ليرد حسام بغيظ : بصراحة كده مش عارف أخصم لحد، وحاسس أني لو مخصمتش هتشل يا شعيب، يرضيك أتشل؟

ليقاطع حسام صوت ضحكات شعيب العالية، لينظر له وهو يضحك بشدة قائلًا :

- يرضيني، أحسن ما تتقتل على ايد موظف.

ليربع حسام يديه بضيق وهو يقول : علفكرة أنت عريس بحر مش جدع، وأنا رايح أوضتي.

ليترك حسام شعيب يضحك ويذهب لغرفته، وفي طريقه ظهرت أمامه فجأه ديمة، لينتفض بزعر ثم يصرخ قائلًا :

- مخصوم منك أسبوعين.

لترفع دِيمة أحد حاجبيها بتعجب، لتهتف بنبرة حادة : نعم؟

ليضع حسام يده على وجهه وهو يقول بقلة حيلة :

- مش عارف أدي لحد خصم يا دِيمة، كلهم ضدي ومش عارف أعمل ايه.

لتضحك دِيمة وهي تقول : بس كده، طب والله ما أنا مزعلاك.

لينظر حسام لدِيمة بسعادة وأمل وهو يقول : هخصم براحتي؟

لتُمسك دِيمة يده قائلًا بمكر : أكيد يا حسام.

ليختفو فجأه من المكان، ليظهر كلاهما في مملكة چورينال، لينظر حسام حوله بدهشة، ليهتف بصوت منخفض : لا بس المكان جامد جمودة والله.

لتنظر دِيمة لحسام بضحك، ثم تسحبه وهي تقول بهدوء :

- أنت هتشرف على الجنود اللي هنا، ولو لقيت حد عمل حاجة أخصم منه براحتك، يعني دلوقتي أنت ليك كامل الحرية في الخصومات.

لتظهر أبتسامة حسام السعيدة والتي تمتلئ بالنشاط، ليقول بسعادة : اشطا.

لتنظر دِيمة لجيشها وهي تقول لهم :

- حسام سوف يشرف عليكم، أريدكم أن تتعاملو معه بشكل جيد.

لتُكمل وهي تنظر لحسام بضحك : أسيبكم بقى.

لتختفي دِيمة، بينما ذهب حسام بخطوات واثقة ويرفع رأسه بكبرياء، ليهمس لنفسه قائلًا ببرود : لازم أتعامل معاهم كده، دول كلهم بسم الله ما شاء الله يعملوني شاورما بالتومية، توكلنا على الله.

لينظر لأحد الجنود الضخام، ليقول له بغرور مصطنع : بتعمل ايه يا برنس؟

لينظر لن ذلك الجندي بنظرات باردة ثم يقول : ماذا تراني أفعل يا سيد؟

ليقول حسام بنبرة غليظة وهو يحاول جعل ملامحه جادة ونفخ جسده :

- ده أنت قلبك مات وأخد عزاه بقى، مخصوم منك أسبوعين.

لينظر له ذلك الجندي بسخرية، بينما سار حسام بنفس هيئته إلى أحد الجنود الذين يمتلكون ملامح جادة وقوية، ليهمس حسام لنفسه : متخافش، ميقدرش يعملك حاجة.

ثم يقول بصوت عالي قليلًا : أنت ياللي بتاكل.

لينظر له الجندي بنظرات حادة، ثم يقول بصوت غليظ

- أتُحدثني يا أنت؟

ليبتلع حسام ريقه بصعوبة وهو يهمس لنفسه : هو هياكلني ولا ايه، لا أجمد يا حسام محدش يقدر يعملك حاجة.

ليهتف بصوت عالي مهزوز : ايوه بكلمك، قاعد تاكل وهمك على بطنك، مخصوم منك أسبوعين على الأهمال ده.

لينهض ويتجه نحوه ذلك الجندي، ليبتعد حسام عنه عدة خطوات وهو يقول بتوتر :

- طب أسبوع؟

ليقترب منه ذلك الجندي أكثر ويمسكه من خلف رأسه، وتحديدًا من لياقة قميصه، ليقول حسام بخوف :

- أنا أسف يا بيه، بس متعمليش حاجة وحياة طنط اللي جابتك.

بعد عدة لحظات، كان حسام مُعلق على أحد العواميد أمام ذلك الجندي الذي يأكل متجاهلًا حسام، بينما يهتف له حسام برجاء :

- يا عم هالك نزلني، عيب منظري كده قدام باقي الرجالة.

ليُكمل حديثه بنبرة شبه باكية : ربنا يسترك دنيا وآخرى بس نزلني، بالله عليك لتنزلني، وحياة عيالك يا شيخ لتنزلني.

ليصرخ بعدها قائلًا : يا ديـمـة

لتظهر ديمة وهي تجلس في الهواء أمامه، لتقول بضحك: متعليش صوتك أوي كده، أنا ما مشيتش أصلا، قولت أسيبهم يعلموك الأدب شوية.

ليقول حسام بسرعة : والله حرمت أدي خصومات، بس نزليني بالله عليكي يا شيخة.

لتُمسك ديمة بيده وهي تضحك وتقول : خلاص يا بني متخافش هروحك خلاص.

ليختفو ويظهرو أمام المنزل، لتدخل ديمة بجانب حسام للبيت وهي تضحك بشدة عليه، بينما هو كان ينظر يضع يده خلف رأسه وعلى وجهه أبتسامة خفيفة من ذلك الموقف الذي لا يُحسد عليه، بينما كان شعيب وسمر ينتظرو قدومهم، لينهض شعيب بغضب ويقول بنبرة حاول أن تكون هادئة :

- كنت فين يا بيه أنت والهانم؟

لينظر حسام لديمة التي مازالت تضحك، ليوجه نظره لشعيب وهو يضحك ويقول :

- كنا بنتفسح، ايه ما نتفسحش؟

لينظر له شعيب بغضب شديد، بينما قالت ديمة بٱبتسامة : أنا طالعة أوضتي.

وبمجرد تحركها قال حسام بسرعة وهو خائف من نظرات شعيب له :

- أستني خديني في طريقك.

لتضحك ديمة وهي تقول : تمام يلا.

ليسير معها للأعلى، بينما جلس شعيب بغضب، وبجانبه سمر والتي متأكدة أن لا يوجد شيء يستحق الغضب منها، ولكنها شعرت بالقليل من الضيق، وتذكرت حب ديمة الصادق لشعيب، لذلك لم تشعر بالضيق الشديد لذلك السبب، لتقول لشعيب بهدوء :

- مفيش حاجة بين ديمة وحسام.

لينظر لها شعيب بتعجب، فهو لم يقول لها شيئا عن غيرته وغضبه من وجود ديمة وحسام سويا، ليهتف لها قائلًا بأرتباك :

- وأنا مالي يكون في ولا مفيش.

لتنهض سمر وهي تنظر له بٱبتسامة وتهتف : أسأل نفسك، عن إذنك.

لتذهب سمر تاركة عقل شعيب يُفكر في حديثها، لما الأن يغير من وجود ديمة مع رَجل آخر؟ هل قد أحبها قلبه حقًا، أم أصبح مغروم بها، فلا يوجد حل إلا أن قلبه وقع في شباكها الحادة.

ليمر أسبوع على ذلك الحدث، وشعيب يراقب ديمة، بتصرفاتها، وحركاتها، ولكن لا يعرف لماذا كل ذلك الأهتمام، وعرف ما حدث لحسام، بينما أقترب حسام من سمر في تلك الفترة أكثر من قبل، فمن الواضح وجود قصة لطيفة ستنشئ بينهم تحت عنوان الحب.

كانت ديمة تجلس بهدوء على الأريكة وتأكل أحد المقرمشات بهدوء، لتسمع صوت شعيب الآتي من الأعلى وهو يقول بصوت عالي :

- ديـمـة، حـسـام، سـمـر

لتنظر له ديمة بتعجب، فكان غاضب للغاية، لتهتف بصوت هادئ :

- حصل ايه يا شعيب؟

ليرد شعيب بغضب : سُفيان وساردار جهزو جيش وعايزين يحاربوني النهاردة.

لتبتسم ديمة ببرود وهي تأكل : بس كده؟ سهلة.

لينظر لها بضيق، ولكن برغم ضيقه إلا أنه يعرف أن ديمة ليست بغبية، فأنها لن تعتبر تلك الحرب سهلًا إلا عندما تكون سهلة عليها بالفعل.

لتبتسم له ديمة وهي تُكمل طعامها ببرود، هتفت بخفوت :

- متقلقش يا شعيب، مهمة كانو أقوياء أحنا أقوى، وأنا هبقى معاك.

لينظر لها شعيب بتعجب، ليهتف قائلًا : أزاي هتبقي معايا؟ الحرب في البحر.

لتنظر له ديمة نظرة هادئة، لترد بغموض : سيب كل حاجة لوقتها يا شعيب.

ليمر بعض الوقت وشعيب ينظر لديمة فحسب، بينما هي انهت كيس المقرمشات ثم تنهض وهي تقول:

- سمر وحسام خليكم هنا، شعيب يلا عشان لو الحرب بدأت من غيرنا هتبقى دمار لأهل البحار.

ليهز شعيب رأسه بالإيجاب، بينما كانت نظرات سمر وحسام لبعضهم البعض متوترة وقلقة على أصدقائهم، بينما أقتربت ديمة من شعيب بالقليل من التوتر والذي لاحظه شعيب ليبتسم وعيناه تلمع بلمعة غريبة، لتُمسك يده بتوتر ليختفي كلاهما، لتهتف سمر وهي

تنظر لحسام بقلق: ربنا يستر ويرجعو كويسين، أنا بقيت خايفة عليهم أوي يا حسام.

لينظر لها حسام ويقول يحنان ممزوج بقلق :

- متقلقيش يا سمر، بإذن الله يرجعو كويسين ومش هيحصل ليهم حاجة.

لتُردد سمر بقلق ممزوج بحزن : يارب.

ظهرت دِيمة أمام البحر مع شعيب، لتُبعد يدها عنه بسرعة بأرتباك وهي تقول :

- يلا، لازم ننزل البحر.

لينظر لها شعيب وهو يقول بابتسامة هادئة: وأنتي أزاي هتنزلي البحر يا ست دِيمة؟

لتنظر دِيمة له بابتسامة وهي تقول : هبهرك، يلا بس.

ليتحركو بقوة ناحية البحر، وبمجرد نزول شعيب تحول نصفه إلى سمكة، بينما بمجرد لمس دِيمة للماء تحولت أطراف قدميها لزعنفة السمكة، وأصابع يديها أصبح بينهما مثل جلد رقيق للغاية يختفي عندما تضم أصابعها على بعضها، لينظر لها شعيب بتعجب، فجسدها تهيئ للسباحة داخل الماء، ليقول لها بتعجب : ده بجد!

لتهز رأسها بهدوء، ثم تفتعل حركات معينة لتخبره أنها لا تستطيع التحدث داخل الماء، ليفهمها شعيب، لسيبح ناحيتها ويُمسك بيدها ويسحبها معه، لتسبح معه دِيمة وهي تبتسم وهُناك لمعة عاشقة في عينيها لشعيب، بينما شعر شعيب بالمسؤولية الشديدة ناحية دِيمة، وأنها أصبحت في عالمه، بمعنى تحت مسؤوليته.

ليذهبو للجيش الخاص بشعيب، ليقول لهم شعيب بقوة: يا رجالة، النهاردة عندنا حرب مع أعدائنا، عايز نكسب الحرب دي، لأنها هتثبت أن كان جيش أهل البحار رجالة بجد ولا مجرد جيش يتهزم من أقل حد.

ليسمع صوت همهمات الجيش المتحمسة، ليهمس شعيب لدِيمة: مكنتش حابب وجودك هنا، بس أوعدك، طلامة أنتي هنا مش هسمح لحاجة تأذيكي.

لتبتسم له دِيمة وهي متيقنة بحديثه، فهي لا تحتاج لوعود لتتأكد أنه سيحميها، ليأتي له أحد الجنود مسرعًا وهو يقول :

- يا ملك البحار، سُفيان وساردار جم ومعاهم جيوشهم.

لينظر شعيب لديمة بنظرة عميقة، ليتنهد بقوة وهو يقول بصوت عالي :

- يلا يا أهل البحار، الحرب هتبدأ.

ليتجهو جميعهم لمكان الحرب، ولم يترك شعيب يد ديمة إلا مع أقترابهم، وجعلها ورائه، وكأن أي خطر قادم لها يجب أن يأتي له أولًا، ليقول بصوت عالي رجولي: يا سُفيان أنت وساردار، أعلنتم الحرب وأحنا جاهزين.

ليقول سُفيان بغيظ : هتندم يا شعيب يا بني، هتندم صدقني.

ليتجاهل شعيب حديثه بالرغم أن قلبه المكسور من أبيه، فهو لم يتعافى بعد من خيانة أبيه، ليشعر بيد تُمسك يده بقوة ولكن كانت تحمْل من الرقة ما يُهدئ قلبه، وضغطتها وكأنها قوة تحاول بثها داخل شعيب، ليبتسم شعيب وكانت دقات قلبه تعلو بشدة، وفي تلك الأثناء قال ساردار : الحرب هتبدأ دلوقتي، يـلا.

ليُعطي شعيب بسرعة الأذن لتحرك جيشه وقد ظهرت عصاه وهو مستعد لفتك دماء الأعداء، لتبدأ الحرب وكانت قوية للغاية، وكان ساردار يستهدف شعيب، ولكن شعيب حاربه ببراعة، بينما كانت ديمة تُحارب أي شخص يقترب من شعيب، ولكن أبتعدت عن حرب شعيب مع ساردار، ولكنها ستدخل أن أصبح ساردار يُشكل خطرًا على شعيب، وفي تلك الأثناء وكانت تقضي ديمة على أحد الجنود كان ساردار يرفع عصاه ويُقربها من شعيب، في حين أن شعيب سقطت عصاه في لحظة، لتُصبح عيون ديمة حمراء بقوة، لتُقرب يديها من بعضها لتُحدث دوامة متجهه نحو ساردار وجيشه، وكانت هناك دوامة صغيرة قربت العصا من شعيب، ليُمسك بها شعيب ويجرح ساردار جرح عميق و قوي في زراعه اليمين، لينسحب ساردار بسرعة هو ومن تبقى من جيشه وسُفيان بسرعة، ليبتعدو جيش شعيب عندما أدركو أنتهاء الحرب، لينظر شعيب لديمة وهو يقترب منها، بينما هي كانت تتفحصه بقلق، وبمجرد أقتراب شعيب منها ضمها إليه بقوة، ليهمس لها قائلًا : شكرا يا ديمة.

لتُغمض ديمة عينيها وهي تختفي به وتظهر أمام المنزل الذي يسكنو فيه ومازال شعيب يضمها ولكن تحولت قدمه لقدم بشرية، وتحولت أطراف ديمة ويديها لأطراف ويدين بشرية، لتهمس له بنبرة عاشقة : أنت أنقذت حياتي، ومستعد تضحي بحياتك عشاني، وكنت هتموت بسببي، بعد كل ده أنا اللي لازم أقولك شكرا أنك في حياتي يا شعيب.

ليبتعد عنها شعيب وهو ينظر في عينيها بشدة، بينما شردت هي في عينيه بعشق، ولكنها قالت بسرعة وهي تحاول الهرب :

- يلا ندخل للعيال جوه، زمانهم قلقانين علينا أوي.

لتدخل ديمة تاركة شعيب يبتسم وهو ينظر في أثرها، ليهمس لنفسه بخفوت :

- لو مش أنتي اللي أضحي بحياتي عشانها أومال مين مثلا، محدش يستاهل ده غيرك.

ليتنهد بابتسامة هادئة، ثم يلحق بديمة للداخل.

مر ذلك اليوم بهدوء تام، وفي اليوم التالي في غرفة شعيب، كانت ديمة تجلس مع شعيب تتحدث معه بجدية، بينما قال شعيب بتأييد :

- عندك حق يا ديمة، لازم حسام وسمر يبعدو، كده الموضوع هيبقى خطر على حياتهم.

لترد ديمة بهدوء : بضبط، خليهم في الشركة وأحنا هنا نتصرف معاهم، هما مش سهلين، وفي فترة صغيرة خلونا ندخل في حربين من أقوى حروب مصاصين الدماء وأهل البحار.

ليتنهد شعيب قائلًا : تمام يا ديمة، هروح أقنعهم يمشو.

لينهض شعيب، وبمجرد نهوضه نهضت ديمة وهي تقول بسرعة : أستنى، خدني معاك أقنعهم.

ليبتسم شعيب لها وهو يُحرك رأسه بـ"هيا"، ليتحركو ويهبطو للأسفل، حين يوجد حسام وسمر، ليبدأو بفتح الحديث واقناعهم بالمغادرة لآن الأمور أصبحت خطيرة وسيكون هناك خطر على حياتهم أن بقو معهم.

ليهتف شعيب بهدوء : حسام، سمر لازم تمشو، الموضوع بقى خطير على حياتنا أحنا شخصيًا، يعني الموضوع ممكن يوصل ليكم وأحنا مش عايزين نأذيكم.

ليرد عليه حسام بستنكار : هو أنتم ضربتونا على أيدينا عشان نيجي؟ أحنا جينا لوحدنا وعارفين هنمر بـ ايه.

لتُأيد حديثه سمر قائلًا : ايوه، حسام معاه حق.

وفي الحقيقة لم يقتنع كُلًا من حسام وسمر أطلاقًا، بل حاولو التفاوض مع شعيب وديمة

للبقاء بجوارهم، وبعد ثرثرة كثيرًا أستسلم حسام وسمر لذلك العنيدين، ليبدأو بأخذ أشيائهم للذهاب، لتنظر دِمة لشعيب بحزن، فهي رأت أصرارهم وحزنهم لتركهم، ليبتسم لها بحنان، ويُمسك بيدها ويضغط عليها وكأنه يحاول أدخال الطمئنينة لداخل قلبها، ليهمس لها بنبرة حنونة :

- ده أحسن ليهم، عشان ما يتأذوش

لتبتسم له بحب خفي، وتُحرك رأسها بالإيجاب، ليظهر حسام ومعه سمر وحقائبهم، و وجوههم حزينة مُعترضة على الرحيل، لِيُدعو دِمة وشعيب قبل الذهاب، وبمجرد ذهابهم جلس دِمة وشعيب سويا، لتهتف دِمة ببرود :

- هنعمل ايه دلوقتي؟

لِيُفكر شعيب قليلًا وهو يقول : هما مش سهلين، بس أنتي قوتك زادت، وأنا قوتي كـ ملك البحار مش قليلة أبدًا، بمعنى أنهم دلوقتي بيحاربو خصم مش سهل، عشان كده لازم ناخد بالنا منهم، دول شياطين والخبث والمكر بيجرو في عروقهم.

لتتنهد دِمة وهي تقول بصوت هادئ :

- وخصوصًا شيراك، بس لو أحنا اتحدنا قوتنا هتزيد جدا.

لِيُريح شعيب ظهرة للوراء وهو يقول ببتسامة هادئة :

- خليها للضربة النهائية، دلوقتي هنحاربهم بقوتنا بس.

لتُحرك دِمة رأسها، وهي تُفكر في ماذا يُخطط لهم شيراك، ذلك الشيطان الخبيث، التي تُقسم أنه من رتب لكل هذه الكوارث.

✳ ✳ ✳

في مملكة قِينالين، تحديدًا قصر الملك سيلاك

كان يجلس كُلا من سُفيان وساردار، وسيلاك وشيراك، لينهض فجأة شيراك بغضب عارم وهو يقول: أنتم كلكم أغبية، بسببكم خططي بتفشل.

لينهض سيلاك الغاضب ويصرخ به قائلًا : لا والله؟ أحنا أخترنا يوم الحرب يبقى نفس اليوم اللي هيكون فيه القمر أحمر عشان أنا وأنت عرفين كويس أوي أن ديمة هتكون في أضعف حالاتها، بس حصل ايه يا شيراك باشا؟ جاتلها قوة أكبر من قوتها العادية وهزمتنا كلنا، لا وفي نفس الليلة كمان بقت ملكة مصاصين الدماء كلهم، يعني تقدر تطردنا كلنا من هنا في أي لحظة، وقوتها زادت أضعاف أضعاف.

لِيُشير لساردار قائلًا : وساردار عمل خطة عشان يخلص من شعيب ويبعده عن الحكم، بس حصل ايه؟ ديمة هانم عرفت الخطة ولعبت على ساردار لدرجة انه صدق انه لعبته نجحت بأمتياز، وسُفيان وساردار حاربو شعيب فجأة، ويادوبك جهز جيشه ونفسه عشان ميدخلش سُفيان وساردار يحتلو البحر، قولي حصل ايه، لوله ست ديمة كان شعيب ميت، ميت ايه، ده كان شبع موت، من اول حرب مصاصين الدماء لما أتصاب وأنقذته، وفي حرب أهل البحار لما لحقته من الموت.

لِيُكمل بغضب وصوت عالي : ديمة هانم سبب فشل كل خططنا، مش أحنا اللي بنفشل خططك يا أستاذ شيراك.

ليشاور على جميع الجالسين بغضب : خططي وخطط ساردار وسُفيان وأنت، سبب فشلها واحد، ديمة.

ليضحك شيراك بشدة، لينظر له سيلاك بتعجب، بينما قال شيراك بخبث شديد :

- بس كده، كلها أيام، أيام بس وهي تحس أننا بطلنا شر وهتموت، متقلقش محلولة.

ليتركه سيلاك ويذهب لغرفته بسرعه، ومن ثم يخرج لشرفته وهو يتنفس بصعوبة، ليهتف وهناك دموع محتجزة في عيناه :

- مش عارف، أفرح لآن شيراك عارف هيتخلص منك أزاي، ولا أزعل عشان مش هشوفك تاني، بتمنى لو مكنتش أنا وأنتي مكنتيش أنتي، لو كنا بشر كانت حياتنا هتبقى أحلى بكتير يا أميرتي.

لِيُغمض عيناه بألم وهو يقول : كان زمانا سوا.

لتهبط دمعة من عيناه من شدة ألم قلبه، ليتذكر ذكريات من الماضي الذي يربطه بأميرته.

- سيلاك، أنت يا عم، خلاص متزعلش.

ليوجه سيلاك نظره بعيدًا عنها، لتُكمل دِيمة بنبرة طفولية : قولنا متزعلش، وبعدين حد قالك تكسر العابي؟

ليرد سيلاك بغضب : كسرتها عشان لعبتي بيهم مع ولد غيري.

لتقول دِيمة بابتسامة : يبقى ليا حق أعورك، كسر الولد بس العاب دِيمة لا، عشان دِيمة مش بتسامح ولا بتنسى يا سيلاك.

لينظر لها سيلاك بغيظ وهو يقول : طب مين المفروض يصالح التاني؟

لتهتف دِيمة بعدم أهتمام : أنت اللي زعلتني، وأنا أخد حقي منك، وأذن الحق ميزعلش يا سيلاك، سلام.

لتذهب تلك الطفلة المتمردة بعيدًا، بينما جلس سيلاك بغيظ بسبب تلك المتمردة.

-سيلاك، سولي، أنت يا عم.

ليرد سيلاك عليها بضحك : عايزة مني ايه يا دِيمة، بعدت عنك وبطلت أكلمك عايزة ايـه؟

لتجلس دِيمة بجانبه بمرح قائلة : ومين يلعب معايا يا فالح؟ وبعدين هو أنا قولت ليك أبعد عني؟ خليك زي ما أنت بس متكسرش لعبي تاني عشان مزعلكش تاني ماشي؟

لينظر لها سيلاك لعدة دقائق بنظرة عاشقة، ليرد عليها بابتسامة : ماشي.

لتنهض دِيمة وهي تسحب سيلاك من يده قائلة بمرح : تعالى بقى عشان نلعب.

لينهض سيلاك وهو يقول بتعجب : هنلعب ايه يا ست دِيمة؟

لتتبدل ملابس دِيمة لفُستان يُناسب سنها الصغير، كان لونه وردي طويل، ويشبه فُستان أحد الأميرات، لتقول له برقة وأبتسامة واسعة : الأمير والأميرة، يا مولاي.

لِيُبدل سيلاك ثيابه إلى ملابس أمير، تُناسب سن المراهقة [عُمره] لينهض ويَمد لها يده قائلًا بنبرة جذابة : مرحبا مولاتي الأميرة دِيمة.

لتضع دِيمة يدها في يد سيلاك وهي تهتف برقة : مرحبا بك مولاي الأمير سيلاك، ألا تُريد أن تأكل شيئا في قصري المتواضع؟

ليرد سيلاك وهو ينظر في عينيها : لا، أريد أن أسير مع أميرتي الجميلة قليلًا من الوقت.

لتضحك دِمة ببراءة وهي تقول بنبرة هادئة : حسنا يا مولاي، لكَ ذلك.

لِيُمسك سيلاك بيد دِمة ويسير بجوارها، ينظر لها ويتأملها بحب، فذلك المراهق أحب تلك الطفلة البريئة، ولكن لم يعلم أنها ستكون بمثابة عدوة له.

أبتسم سيلاك بألم، وبدأ بخلع قميصة، ومن ثم يتحول لهيئة بشري أمام المرآة لكي يظهر أنعكاسه فيها، لينظر لذلك الجرح العميق الذي في ظهره، وجرح مشابه له في ذراعه من الأعلى، ليبتسم بحزن وهو يقول بابتسامة :

- طول عمرك بتاخدي حقك مني لو زعلتك، مش بتستنى حتى أصالحك، وبعد كل ده لسه قلبي بيحبك ومتعلق بيكي، بس كلو كوم وأنا كوم تاني خالص، لو موتك على حساب راحتي هعمل كده.

لِيُغمض عيناه بتعب، محاولًا أبعاد تلك الذكريات التي تُهاجمه بقوة.

في اليوم التالي، كانت دِمة تجلس في غرفتها، خائفة من الخروج، لتُحدث نفسها بصوت منخفض قائلة بقلق وخوف :

- أزاي هقعد مع شعيب لوحدنا؟ الموضوع مخليني متوترة أوي، المفروض أني... يعني، بس هو... يــوه بقى، مش عارفة.

لتضع رأسها بين يديها لتقول بحزن : أعمل أيه بس يارب، تعبت والله، يارب ساعدني.

لتنظر لمذكراتها والأبتسامة تعلو شفتيها، لتُمسك بها وتبدأ بالكتابة

"وقلبي كان بقربك متوترًا خجولًا، فماذا يحدث وهو يرا عيناك بكل لحظة، أكاد أقسم أنه سيذوب حُبًا أمامك"

لتضحك وهي تُكمل بخفوت : اه والله يا أخويا.

لتتنهد وهي تُغلق مذكراتها وتضعها بجانبها، وتحاول تهدئه قلبها المُحب الصغير.

يقف شعيب أمام باب غرفته، يحاول أمساك المقبض ولكن على أخر لحظة يبتعد عنه وهو يصرخ بضيق : ما خلاص بقى يا شعيب.

ليتنهد بقوة وهو يقول : أهدى كده الله يكرمك يا شيخ.

لينظر أمامه في المرآة ثم يقول وهو يفتح نصف عيناه : وفيها ايه يا سيدي، هشوفها وهنتكلم عشان ننقذ البشرية، لا أكتر ولا أقل.

ثم ينظر لنفسه بقوة في المرآة ثم يهتف بصوت عالي قليلًا :

- طب والله العظيم أنت عيل كداب ومتوتر عشان بقيت أنت وهي في نفس البيت وهتقعدو مع بعض لوحدكم.

ليضع رأسه بين يديه وهو يقول بقلة حيلة : عشان حضرتك بتحبـ... وهي... بجد هضرب دماغي في الحيط.

ثم يعتدل وكأنه يُحدث شخص ويُبخه قائلًا: أنت يالا ما تنشف كده، قولها بحبك وفيها ايه.

ليشرد شعيب قليلًا ثم أردف بذهن شارد : هي بتحب اللغة العربية الفصحة، وبشوفها بتكتب مذكراتها، طب معمل زيها، يمكن بعد عُمر طويل نقرأهم ونشوف بداية الحُب العجيب ده بدء أزاي.

ليضحك وهو ذاهب لفراشه ويهتف : فكرة قمر، زيي طبعًا، يا بختك يا دِمة بيحبك قمر، بس يارب تطلعي بتحسي.

ثم يُمسك بدفتر وقلم، ويبدأ بالشرود في دِمة، حبيبتُه الغالية على قلبه، ليبدأ في الكتابة

"أحببتكِ رغم خطورتك، عنيدة أنتِ ومشاكسة، رأيتك أول مرة أكتشفت تلك المتمردة التي تسكن بداخلك، بداية طريقنا حرب، ولم ترفُضي سيدتي مُحاربتي، بل أقسمتي على هزيمتي، وها أنا اليوم، أمامكِ مهزوم بسيف عشقكِ، ومُحتبس رهينة داخل عيناكِ، ولكني لا أنتظر أطلاق صراحي مُطلقًا، فسجنك بالنسبة لي نعيم أتَمنى أن أظل فيه حتى ينبض قلبي ببطئ، ثم يتوقف مُعلنًا ذاهبي من نعيمك لنعيم أكبر، والنعيم معكِ أجمل سيدتي"

ليُغمض عيناه وهو يشعُر بنبضات قلبه تزداد، ليتنهد بشدة وهو يُفكر بها، يتذكر ملامحها، يحفُرها داخل عقله، حتى غفل من كثرة تفكيره بها، على أمل رؤيتها في أحلامة، مُحبة له، لأنه لا يعلم إذا كانت تُحبه دِمة حقًا أم هي مشاعرها باردة ناحيته.

في اليوم التالي

كان شعيب ينزل من غرفته، وخصلاته كانت عشوائية للغاية، و "البيجامة" الخاصة به والتي كانت عبارة عن بنطال واسع قليلًا رمادي وقميص واسع باللون الأبيض، فكان مظهره لطيفًا بشدة، بينما هبطت ديمة بفُستان أبيض طويل بأكمام شفافة وضيق من الأعلى قليلًا و واسع من الأسفل، وخصلاتها خلفها بشكل جذاب، وعينيها الحمراء تُعطي لديمة ذلك المظهر الجذاب والشرس في أنٍ واحد، فإنها جاهزة لمهاجمة أي شخص وفتك دمائه بالتأكيد.

ليلتقيًا كلاهما على الدرج، لتنظر له ديمة، فكان لطيفًا للغاية، بينما هو تأملها بصدمة، فكانت بالنسبة له جميلة جدًا بتفاصيلها الهادئة مثل عينيها المُتيم بهما، أو شخصيتها المُغرم بها، فهي جوهرة غالية بالنسبة له، ليهمس شعيب بصوت منخفض وهو مازال ينظر لها :

- صباح الجمال، أنا أيه طلعني من الأوضة بس.

سمعته ديمة لتُبعد وجهها عنه للحظات بخجل، وتُحاول منع ضحكاتها بسبب كلماته الأخيرة، لتهتف بصوت هادئ رقيق :

- أنا نازلة أفطر، لو عايز تفطر تعالى.

ليفيق شعيب لنفسه، فقال وهو يضع يده خلف رأسه بالقليل من الإحراج :

- اه، بس هروح أغير هدومي، معلش بس مكنتش أعرف أنك صاحية وكده.

كان سيذهب شعيب لغرفته ليُبدل ملابسه، حتى قالت ديمة بصوتها الرقيق : شعيب.

ليلتف لها شعيب وهو ينظر لها بشرود، لتُكمل حديثها بابتسامة جميلة :

- شكلك كده أحلى.

لتهبط بعدها بخطوات حاولت أن تكون ثابتة، رغم رغبتها في الركض بأقصى سرعة لديها، لينظر شعيب في أثرها ويضع يده على قلبه وهو يستند على سور الدرج قائلًا بهيام: والله العظيم أنتي أحلى، لأجلك هنزل منكوش.

ليضحك بمرح وهو يلحق بها سريعًا.

مرت عدة أيام بدون أحداث تُذكر، فديمة وشعيب مذالو مترددين، وأغلب وقتهم في غرفهم، لا يخرجون إلا للطعام، وحسام منذ أن لقنه ذلك الجُندى درسًا وأمتنع عن أعطاء

خصومات للموظفين، وسمر كانت دائمًا تُساعده ليقتربو أكثر من بعضهم البعض، بينما شيراك مازال يُخطط لشيء ما.

ترك شعيب مذكراته على فراشه ثم أردف بملل شديد وحزن : طب أنا أعمل ايه دلوقتي.

ليُغمض عيناه وهو يتحدث بنبرة هامسة : شعيب، أنت بتحبها، وأنت الراجل، هتعترف الأول، هتفضل لحد أمتى ساكت وبتحب فيها على الورق، لحد ما يجي حد ياخدها منك.

ليفتح شعيب عيناه بسرعة وهو يقول بصوت عالي : مستحيل، دِيمة ليا أنا وبس.

ليتنهد بقوة وهو يقول بحزم : أنا هقولها واللي يحصل يحصل.

لينهض بسرعة دون حتى أن يهتم بمظهره الغير مرتب ويذهب أتجاه غرفة دِيمة، ليطرق الباب لعدة مرات ولكن بدون فائدة، ليشعُر بالقلق، ليدخل للغرفة وينظر لها فلا كلها يراها، ولكن لفت أنتباهه دفتر صغير على فراش دِيمة، ليُمسك به، ويبدأ بفتحه وقرأته، لتتملك منه الصدمة، وهو يقرأ صحفة تلو الآخرى حتى وصل لأخر صحفة

"برغم أبتعادي عنك ولكن قلبي مُعلق بك، صراع يومي يجبرني أن أخبرك أنني أُحبك بأعلى صوت لدي، ولكن ماذا أن لم أكن بقلبك، فـقلبي أن كُسِر ليس له علاج، فدخول قلبي كان صعبًا، وجرحه شيء مُستحيل، ولكنك جعلته سهلًا، سهلًا لدرجة الهلاك لذلك القلب المُحب، وما أجمل الحُب عندما يكون صامتًا بدون وعود لتُكسر، أنا أعيش بحياة جميلة للغاية وأنت فارسها، وفارسي من يعترف بحبه أولًا، ويراني جوهرة، آسفة، برغم حُبي لك إلا أنني لا أستطيع البوح فارسي"

ليضحك شعيب بصدمة ممزوجة بسعادة، أتلك الغبية تعتقد أنه لا يُحبها، وهو مُتيم بها، كيف لها أن تُفكر هكذا، فـقلبي تمنى قلبها، وقلبها يخشى الغذلان.

لتظهر دِيمة فجأه ورا شعيب، ليشعر بها ويلتفت لها، ولكنها بمجرد رؤيتها لدفترها بين يديه أدركت أن سرها قد كُشف، لتبدأ بالقول محاولة جعله ينسى، بمعنى أصح محاولة فاشلة : أ... أنا كنت في المملكة وبشوف حاجات و...

لتنظر له، لتراه مازال ينظر لها بتأمل، لتقول بتوتر وهي تشعُر أنه سيقول شيء يجرح به قلبها العاشق :

- بص يا شعيب، أعتبر أنك مقرأتش حاجة، مش ذنبك حاجة من اللي بحس...

وقبل أن تُكمل حديثها وضع شعيب يده على فمها، ثم همس وعيناه مُعلقة بعينيها :

- بحبك.

لتتسع عينيها بصدمة، دقات قلبها تعلو بشدة، لتُبعد يده وهي تقول بتوتر شديد أثر ضربات قلبها وذلك الأعتراف الغير متوقع لها :

- بـ... بس مينفعش نبقى سوا عشان أحنا مش....

ليقاطعها شعيب وهو يُمسك بيدها يقول بهدوء وعيناه مازالت غارقة في عينيها :

- دِمة، في قبلنا كتير خالفو قواعد العوالم اتجوزو من بعض ومحصلش حاجة وعاشو حياتهم طبيعي.

لترد دِمة بتوتر وهي تُبعد عينيها عنه : بس يا شعيب ما...

ليقاطعها شعيب مرة آخرى وهو يضع وجهه بين كفوفة ويقول بحب و رجاء :

- سيبك من كل ده دلوقتي، هي كلمة واحدة منك وكل حاجة هتتحل.

لتنظر له بحيرة، لِيُكمل حديثه بحنان : قوليها يا دِمة، قوليها وثقي فيا، أنا عمري ما هعمل حاجة ممكن تأذيكي.

لتبتسم به وهي تنظر لعينيه التي تغرق بهم في كل مرة تنظر بهم، لتهتف بنبرة عاشقة: بحبك يا شعيب.

ليبتسم شعيب بفرحة، ثم يسحبها من يدها ورائه، لتقول دِمة بتعجب : على فين؟

ليرد شعيب بسعادة : على مأذون العوالم يا مولاتي.

لتضحك دِمة بسعادة، فهي لم تتخيل أن الأمور ستسير بتلك السلاسة، وأنه يُحبها بهذا القدر.

***

«بارك الله لكُما وبارك عليكُما وجمع بينكما في خير»

ليضم شعيب دِمة بسعادة، بينا ضمته هي بحب، ليهمس لها قائلًا بحنان ممزوج بحب شديد :

- وأنا كنت فاكر أن الحلم ده مستحيل يتحقق، وطلع بيتحقق يا حرم ملك البحار.

لتضحك دِيمة وهي تقول بحب :

- وأنا برده كنت متخيلة أني هفضل أحكي للورقك عنك، مكنتش أعرف أن هيجي يوم وأقولك الكلام ده.

ليبتسم كلاهما للأخر بحب شديد، فـمن يتخيل أن ذلك الحب الذي كان يختبئ في قلوبهم خرج للنور وأخيرًا، لتتحقق أحلامهم الوردية والتي بالبارحة كانت مُجرد أحلام، واليوم أصبح واقع ملموس.

كانت دِيمة تجلس في غرفة شعيب، تنظر لها بحب، لتُلاحظ دفتر صغير على فراشه، لتقترب منه وتقرأ صفحاته

"أحببتكِ دون سابق أنذار، كُنت أتوقع أن أُغرم بحورية بحر فاتنة الجمال، ولكنني وقعت بحُب مصاصة دماء تُريد تذوق دمي بعد قتلي، ولكن لا بأس، أن وقعت بحُبي لم تتحمْل رؤيتي بخدش صغير، فبالرغم من خطورتها وشراستها إلا أن قلبها أحب أن أحب أخلص، وصْدق مشاعرها يظهر بخوفها على مْن تُحب، من الواضح أن قلبي قرر عشقها، وكان ذلك القرار الأجمل على الأطلاق"

لتضحك بحب وعدم تصديق، هل شعيب يُحبها بهذا القدر، ليكتُب ما يشعُر به، لتقرأ بشغف بقية الصفحات التائهه بينهم، بينما في الأسفل حضر شعيب وأدخل حقائب التسوق للمطبخ، ثم يقول بصوت مرح عالي قليلًا: حبيبتي أنا جيت.

ولكن لم يلقى رد، ليشعُر بالتعجب ليبحث عنها في البيت وهو يهتف : دِيمة، أنتي فين؟

ليصل لغرفته، ليراها وهي تُمسك دفتره، ليبتسم بسبب عدم أدراكها لدخوله الغرفة للتو، ومازالت تقرأ، يضع يديه في جيوب بنطالة وهو يتأملها ببتسامة عاشقة، ليمر بعض الوقت بهذا الشكل، حتى أنهت دِيمة دفتر شعيب ودقات قلبها تعلو بسعادة، لتنظر أمامها لترا شعيب، لتضحك بسعادة وهي تقول له :

- أنت جي من أمتى؟

ليبتسم شعيب وهو يقول : معرفش، بس اللي أعرفو أني دخلت ولقيتك مركزة في القراءة، فـوقفت لحد ما تخلصي.

لتنهض دِيمة بسرعة وتضم شعيب بحب وسعادة، لتهمس له بحب :

- مكنتش أعرف أنك بتحبني أوي كده.

ليضمها شعيب بحب وهو يرد بنبرة عاشقة : وبحبك أكتر من كده بكتير، كنت عارف أنك بتحبي تكتبي وكمان بتحبي اللغة العربية، فحبيت يوم ما أتكلم عن حُبي ليكي يبقى بحاجة بتحبيها، وكمان عشان لما نكبر عيالنا يشوفو كنا بنحب بعض قد ايه.

لتضحك دِيمة بحب وهي تنظر في عينيه بحب، لتقول بمشاكسة :

- حد يفهمني أتجوزت كل الجمال ده أزاي بس.

ليضحك شعيب وهو يضع يديه على كتفيها قائلًا بمرح :

- تصدقي نفس السؤال والله، عايزين نروح لنفس الحد يشرحلنا الموضوع ده.

لتضحك دِيمة بمرح، ثم تتنهد وهي تقول بصوت هادئ وتضع رأسها على كتف شعيب:

- شعيب.

لِيُركز شعيب مع حديثها الآتي وهو يضمها إليه بحنان، لتقول هي بنبرة قلقة :

- أحنا بقالنا شهر متجوزين، ومحدش من أعدائنا عملو حاجة، ودي حاجة قلقاني، خصوصًا شيراك، هو مش سهل أبدا، وأكيد ناوي على حاجة، حاسة يا شعيب أن قلبي مقبوض.

لِيُشدد شعيب من ضمها وهو يقول بصوت هادئ :

- متقلقيش يا حبيبتي، طول ما أنا معاكي مش عايز أي قلق أو خوف، طلامة أحنا سوا محدش يقدر يعملنا حاجة.

ثم يُكمل حديثه بمشاكسة : بس مش عيب عليهم نبقى متجوزين بقالنا شهر ومحدش منهم قال مبروك، والله عيب في حقهم.

لتضحك دِيمة على حديث شعيب الأخير، ليقول شعيب بمرح :

- ايوه أضحكي خلي قلبي يضحك، يلا بقى يا حبيبتي عشان ناكل، جايبلك شوية أكل عظمة على عظمة يا ستهم.

لتضحك دِيمة مرة أخرى وهي تقول بحب : ماشي يا حبيبي، يلا.

في المساء

كان يجلس كُلا من دِيمة وشعيب مع حسام وسمر، ليقول حسام بمرح : مش أنا البارح أتقدمت لسمر رسمي والخطوبة كمان شهر.

ليقول شعيب بمرح : ألف مبروك يا حوس، يارب بس تبطل تدي خصومات عشان محدش يديك دعوة فالجوازة تبوظ.

لينظر حسام لدِيمة وهو يقول بخوف مصطنع : لا ما أنا حرمت، يا عم ده أنا كنت هتاكل.

ليضحك شعيب بشدة هو وسمر، فهم يعرفون ما حدث ذلك اليوم، بينما قالت دِيمة بابتسامة سعيدة وهي تنهض لتضم سمر : ألف مبروك يا حبيبتي.

لتضمها سمر بحب وهي تقول : الله يبارك فيكي يا أجمل أخت في الدنيا دي كلها.

لتبتسم دِيمة لها وهي تقول بمرح : أهم حاجة لو ضايقك قوليلي أنتي بس وملكيش دعوة.

ليهتف حسام بسرعة : ما تقلقيش في عيني.

ثم يُكمل بهمس : عايزة توديني لـ سي هالك عشان ياكلني.

بينما جلست دِيمة بجوار شعيب مجددًا، وسمر جلست على بُعد مسافة كافية من حسام، ليظلو يتحدثون لعدة ساعات في أمور مختلفة، حتى ودع دِيمة وشعيب حسام وسمر، ليدخلو مرة أخرى ليقول شعيب بنبرة هادئة :

- يلا بقى يا حبيبتي نطلع ننام، حاسس أنك تعبتي النهاردة.

لترد دِيمة بنبرة مُحبة وقلقه : هو أنت مش هتاكل؟ ده أنت واكل حاجات بسيطة على الفطار بس، و برده يعتبر مكلتش مع حسام وسمر.

كان سيرد شعيب عليها بحب ولكنها قاطعته قائلة بابتسامة: مفيش أعذار، كُل وبعدين نام.

ليبتسم شعيب وهو يقول بهدوء : هتاكلي معايا.

لتهز ديمة رأسها بالإيجاب، فأبتسم شعيب أبتسامة عاشقة، وقبل ذهاب ديمة سمعت صوت أتي من ورائهم يقول

- طب مش هتعزمني يا شعيب، ده أنا حتى حماك.

لينظر شعيب وديمة إلى مصدر الصوت، كان شيراك يقف أمام الباب الخاص بالمنزل ولكن على بُعد منه، وبعد دقائق قليلة كُسر الباب ودخل سيلاك ومعه ساردار وسُفيان، ليضع شعيب ديمة ورائه بحماية وهو ينظر لهم بقوة، بينما قال شيراك بخبث :

- مفاجأه مش كده؟

ليُكمل بصوت عالي قليلًا مع أبتسامة خبيثة : يلا يا رجالة، خلينا نبارك للعرسان بس على طريقتنا.

ليقترب سيلاك ويقف أمام شعيب، ليقول له بسخرية : معقول ملكة مصاصين الدماء تتجوز عريس بحر.

ليرد شعيب وهو ينظر لعيون سيلاك ببرود : أنا مش عريس بحر، أنا عريس ديمة، وديمة عروسة شعيب.

ليُمسك سيلاك شعيب من لياقة قميصة بغضب وهو يهمس بصوت منخفض بجانب شعيب ليسمعه فقط :

- هندمك عشان خدت حاجة تخصني، أنا اللي أستاهلها مش أنت.

ليهمس له شعيب ببرود : وهي حبتني، بس محبتكش، وبقت مراتي وتخصني، مش مراتك عشان تخصك يا عسل.

ليسحب سيلاك شعيب بقوة وهو يُسيطر عليه الغضب الشديد، ولكن لكمه شعيب بقوة وبدأ الصراع بينهم للحظات، ليُنقذ سيلاك ساردار وسُفيان وهم يُمسكون بشعيب بقوة ليتحكمو في حركته، لتصرخ ديمة باسمه بخوف وهي تركض ناحية شعيب، ولكن قبل وصولها رفع شيراك يده أتجاه ديمة، ليخرج منها حبل يُغلفه شعاع أحمر زاهي، ليلتف حول ديمة لتصرخ بألم، ليصرخ شعيب باسمها بخوف، بينما كان يضحك شيراك وهو يقول بمكر :

- جي الوقت عشان تموتي يا بنت ندى

ليصرخ به شعيب بقوة وهو يرفع يده بصعوبة بسبب يد ساردار التي تُمسك به، لتظهر عصاه :

- شيراك، كلو إلا مراتي، لازم تواجهني الأول.

ليُطلق سُفيان شيء من يده جعل عصاه شعيب تختفي، ولكن لم يُهم شعيب الأمر بقدر حديث شيراك :

- بس كده؟ ماشي، موتك قبل موتها يا جوز بنتي.

لينظر شيراك لهم بجدية وهو يقول : أقتلوه.

فصرخت ديمة والدموع تترقرق في عينيها : لا يا شيراك، شعيب لا، أقتلني أنا.

ولكن كان حديثها بلا فائدة، ليبدأ ساردار وسُفيان ومعهم سيلاك بالهجوم على شعيب، والذي كان في البداية يُحاربهم بجهد، ولكن لم يستطع الأقتراب من أبيه، فلاحظ سُفيان ذلك، فأخرج آلة حادة "سكين" وطعن بها شعيب عدة طعنات، لم يتألم شعيب بسبب الطعنات تلك قدر ألمه بأن والده هو الذي طعنه، بدأ بتذكر جميع ذكرياته مع والده، ليسقط على الأرض وهو يضع يده على معدته، فهي طلقت نصيبًا كبيرًا من الطعنات، لتصرخ ديمة ببكاء وهي تقول: لا، شـ... شعيب قوم بالله عليك.

لتظل تبكي بقوة بينما ينظر لها شعيب وهو شبه مغيب عن العالم، بينما ظهر خنجر ضخم في يد شيراك، ليبدأ بالأقتراب منها وهو يقول بنبرة حاقدة :

- أخيرًا موتك جي، كنت مستني اللحظة دي من زمان، بس معلش بقى، كان على عيني اخد رقبة شعيب الأول، بس نفسي أخد رقبتك عشان أحطها زينة للقصر بتاعي، رقبة شعيب هتترمي في الزبالة متلزمنيش.

ثم يُكمل بشر : ولا أقولك، هحطها جنب رقبتك يا حبيبة أبوكي.

لم تنتبه ديمة لحديث شيراك، بل تبكي على حبيبها شعيب، والذي يريدون أن يفعلو بهم، فزاد صوت بكائها، بينما فاق شعيب من غيبوبته وهو يرا شيراك يقترب من ديمة وهو يُمسك خنجر ضخم، ليصرخ بقوة وهو يقول :

- لا، شيراك أبعد عنها، دِمة.

ليحاول النهوض، ولكن منعته قدم سيلاك التي فوقه، وبسبب اصابته لم يستطع النهوض، ليصرخ بشدة وهو يقول بألم: دِمة فوقي.

ولكن لا يوجد رد من دِمة سوا البُكاء بشكل مُخيف، ليرا شعيب الخنجر وهو على رقبتها تحديدًا، ليصرخ هذه المرة بخوف شديد وألم:

- دِمة، لا لا، شيراك ابعد عنها، خد رقبتي الأول.

لِيُثبت شيراك الخنجر على رقبة دِمة، ليقول ببرود : سُفيان، جهز سكينتك عشان تاخد رقبة شعيب.

لِيُمسك ساردار وسيلاك بشعيب كل منهم يحمله من ذراع، وسُفيان ثبت السكين على رقبة شعيب، بينما كان ينظر شعيب لدِمة وهو لا يستطيع الوقوف والدماء تسيل منه، ليقول لأخر مرة والدموع تملئ عيناه :

- دِمة، أرجوكي فوقي، مش عايز أخسرك.

ولكنها مازالت تبكي، ليبدأ شيراك بتحريك السكين على رقبة دِمة ببطئ، تحت صرخات شعيب الخائفة وهو يهتف باسمها، لا يريد أن يخسرها، ليبدأ سُفيان بفعل ما يفعله شيراك مع دِمة، ليبدأ بتجهيز يده ليحرك السكين ببطئ وبمجرد لمح دِمة لهذا المشهد صرخت صرخة مرعبة، وظهر شعاع غريب دفع شيراك ليرتطم بالحائط البعيد للغاية، وكان يوجد جرح صغير برقبة دِمة ولكنه يُخرج القليل من الدماء، وبمجرد رؤية سُفيان لهذا المشهد سقطت من يده السكين وبدأ بالرجوع للوراء، بينما سقط الحبل من دِمة وأختفى ضوئه، لترتفع للأعلى وعينيها أصبحت ملونة بالأسود، لتصرخ بغضب شديد :

- أنتم اللي فتحتم على نفسكم أبواب الجحيم اللي عمرها ما هتتقفل، استحملو بقى.

لتنظر لساردار وسيلاك الذين يُمسكون بشعيب، ليظهر ضوء قوي من الجوهرة المتواجدة بالسلسلة التي ترتديها دِمة، والتي ظهر ضوئها بمجرد صرخة دِمة القوية للغاية، والتي انقذتها من الموت، لترفع يديها الاثنتين وهي تصوبها بأتجاه كلاهما، ليخرج ضوء قوي يدفعهم بعيدًا عن شعيب، ليقع شعيب في الأرض بتعب، لتنظر له وهي ترفع يديها وكأنها ستطير، ليخرج منها ضوء قوي مصوب ناحية شعيب، ليظل الضوء يدخل بجسد شعيب

بقوة جعلت دِيمة تصرخ ألمًا، ولكنها لم تستسلم، وظل الضوء يدخل بجسد شعيب حتى أختفت جروحه، ليفتح عيناه بقوة وينهض ويرفع يده للأعلى لتظهر عصاه، لتذهب دِيمة وتُمسك بعصاه لتُشع عصا شعيب بضوء ذهبي قوي، لينظر لها بابتسامة، بينما نظرت له وعلى شفتيها أبتسامة مُطمئنة، لينظرو لأعدائهم، وتوجه نظر دِيمة لشيراك الذي ينظر لها بصدمة وهو يقول :

- معاكي جوهرة مصاصين الدماء!

لتضحك دِيمة بسخرية وعينيها تشتد سواد : أيوة، أنقذتني يوم حرب القمر الأحمر فاكر؟ والنهاردة ظهرت قوتها عشان تنهي خططك زي العادة يا شيراك.

هجمت دِيمة على شيراك بشراسة وعنف بعد أنهاء حديثها، بينما بدأ شعيب الصراع مع ساردار وسيلاك ولكن بقوة أكبر، وعندما أقترب سُفيان ليحاربه وجه شعيب مقدمة عصاه أتجاهه ليظهر حبل ذهبي يلتف حول سُفيان بقوة تكاد تُكسر عظامه، لينظر شعيب لساردار وسيلاك وهو يقول بتحدي مختلط بغضب :

- مفيش غيرنا بقى يا رجالة، ولا أقول يا بنات أفضل؟

ليبدأ الصراع بينهم بشراسة، بينما دِيمة تختفي وتظهر بسرعة البرق من أماكن عديدة لتضرب وتجرح شيراك، وتحاول قتله بكل قوتها، وتُصيبه بذلك الضوء الذي يُقلل من قوته، لتُمسك به فجأه وهي تغمض عينيها للحظة، لتظهر من ورائها نسخة طبق الأصل منها، لتبدأ بالمحاربة مع شعيب بنفس الشراسة والعنف، لتنظر دِيمة لشيراك وهي تقول بغضب أعمى - ده مش مكان لحربي أنا وأنت.

ليختفي كلاهما فجأه، ويظهرو في مكان مختلف، الأرض سوداء ويوجد بها خيوط حمراء دموية، والغيوم والسماء يُزينهم اللون الأحمر المخيف، لتبتعد دِيمة عن شيراك وهي تنظر له بكره شديد، لتقول بغضب أعمى وهي تهجم عليه وغرضها أخذ روحه: أنا بكرهك يا شيراك، بكرهك لدرجة أني بكره نفسي عشان بنتك.

ليرد شيراك وهو يُصارعها بغضب شديد : لا حبي نفسك يا بنت ندى، أنا بكرهك ومتمناش أنك تبقي بنتي، بس الحقيقة لا عجباني ولا عجباكي.

ليشتد الصراع أكثر، لتصرخ دِيمة بقهر وهي تحاول فقط ضربه حتى الهلاك :

- وأنا صغيرة كنت بحبك، كنت بعتبرك سند وظهر ليا، تحميني من الخطر، كنت شيفاك مثلي الأعلى، ليه أنت وحش لدرجة خليتني مكرهش في حياتي قدك، قد الشخص اللي حبيته أكتر من نفسي، أنا كنت عايزة أب وأنت عايز بس الحكم والسلطة.

ليقع شيراك على الأرض وديمة تضع قدمها على عنقه وظهر سيف ضخم في يدها لتضعه بالقرب من عنقة، لتقول له بغضب ونبرة متألمة :

- لو عايز حكمي قولي، أنا مش عايزاه، أنا عايزة أب، فاهم يعني ايه أب؟

لينظر لها شيراك وهو يقول بقلق وخوف داخلي : يـ... يعني أنتي ممكن تتنازلي عن الحكم مقابل أني أبقى ليكي أب؟

لتنظر في عيناه والدموع تتجمع في عينيها

كان ساردار وسيلاك على الأرض ينزفون بشدة وبجانبهم سُفيان المربوط والذي تلقى ضرب مربح من نسخة ديمة، أمامهم يقف شعيب وبجانبه نسخة ديمة، ليهبط شعيب لمستوى سُفيان، ليهتف بنبرة متألمة والدموع تتجمع في عيناه :

- ليه كده يا بابا؟ ليه تكسرني، أنت كنت ليا السند والظهر، دلوقتي سندي وظهري اتكسرو، كنت ليا ملجأ من تعبي وحزني، بقيت أنت سببهم، كنت الحنية، بقيت قاسي عليا لدرجة مكنتش متوقعها، كنت الصديق والأخ والأب، دلوقتي بقيت عدوي.

ليصرخ شعيب بألم : ليه، ليه نوصل للمرحلة دي يا سُفيان بيه، ليه أوصل لدرجة مش قادر أقول أنك أبويا.

ليرد سُفيان ببرود : أنت اللي وصلتنا لكده، قررت تحارب أبوك.

ليصرخ شعيب وهو ينهض ويقول بألم : ده اللي همك، نسيت حاربتك ليه، عشان أنت أناني، وبتفكر بس في مصلحتك، كنت هتشارك في دمار عالم كامل من العوالم، أن مكنتش هتتسبب في دماره بنفسك.

ليهتف سُفيان ببرود وطمعه وأنانيته تُسيطر عليه : قدامك فرصة يا شعيب عشان تبقى معايا، ياريت تفهم أن مصلحتك معايا أنا.

ليضحك شعيب بسخرية، ليرد بألم : مفيش فايدة، بص بقى يا سُفيان، أعتبر أنك مخلفتش

وأنا هعتبر أن أبويا مات، يعني أنت من اللحظة دي عدوي، أوعى تستنى اللي حصل النهاردة أنه يتكرر تاني، فاهم.

لينظر له سُفيان برعب، فهو يعلم أن عدم محاربة شعيب له أنه ملزال يراه والده، ولكن بحديثه الآن جعل سُفيان يتأكد من شيء واحد فقط، وهو أنه أصبح مجرد عدو لشعيب، فقط عدو.

وفي تلك الاثناء غمز سيلاك لساردار، ليُمسك ساردار بيد سُفيان من تحت الحبل ومن ثم يُمسك سيلاك بيد ساردار ليختفو ثلاثتهم، ليتنهد شعيب بقوة، لينهض ويرا دِيمة، ولكن بمجرد. أعتداله قالت له :

- أنا نسخة من دِيمة.

ليشعر شعيب بالخوف والفزع يتسللُ لقلبه، ليهتف بلهفة قائلًا : هي دِيمة كويسة صح؟

لترد نسختها بنبرة هادئة : طلامة أنا لسه موجودة يبقى دِيمة لسه بخير، متقلقش، شوية وهتكون هنا.

ليتنهد شعيب بحزن، ويجلس على أحد المقاعد بخوف، وعقله يصور له ألاف السيناريوهات البشعة للذي من الممكن أن يحدث لحبيبته.

- يــ... يعني أنتي ممكن تتنازلي عن الحكم مقابل أني أبقى ليكي أب؟

لتنظر له دِيمة بسخرية، لترد بجمود : زمان اه، دلوقتي مستحيل أقبل بعرضك التافه ده، ربنا عوضني بـشعيب، أب وأخ وصديق وحبيب و زوج، بقى كل حاجة ليا، ومعنديش أستعداد أسيبه عشان واحد خاين زيك، خان عهد العوالم، وعايز يحتل عالم البشر عشان أنانيته فأنه عايز يملك كل حاجة.

لينظر لها شيراك بكره وهو يقول: ماشي يا دِيمة، مش هسيبك غير لما روحك تروح للي خلقك.

لترد دِيمة ببرود : محدش بيموت ناقص عمر يا شيراك، ولو في يوم من الأيام مت فعلا ده مش معناه أنك كسبت، ده معناه أن عمري خلص.

ليختفي شيراك فجأه، لتهمس دِمة بخفوت : كنت عارفة انك هتعمل كده.

لتتنهد بقوة وعينيها تتلون بالأحمر من جديد، لتختفي بعدها وبمجرد ظهورها في البيت أختفت نسختها، لينظر شعيب لها ومن ثم ينهض ويركض أتجاهها، ليضمها إليه بشدة وهو يهمس بحب :

- كنت خايف يحصلك حاجة.

لتضمه وهي تقول بحب : طول ما أنت جنبي مش هيحصلي حاجة، أنت عارف أن قوة الجوهرة ظهرت لما حسيت أني ممكن أخسرك؟

لتتنهد بقوة وهي تُكمل حديثها قائلة : السلسلة دي قوتها مدمرة، الحبل اللي كنت مربوطة بيه هو أتعمل مخصوص عشان يتربط بيه ملك مصاصين الدماء عشان قوتو تقل، أو تختفي خالص، بس بسببك قوة السلسلة خلتني أعرف أعمل كل ده، أديتني قوة زيادة على قوتي، كل ده بسببك يا شعيب.

لتضمه بقوة لتبدأ بالبكاء وهي تقول : معنديش أستعداد أخسرك يا شعيب، أنت بقيت روحي اللي من غيرها مقدرش أعيش.

لِيُشدد شعيب من ضمها ليقول بحب : أنا كنت حاسس أن روحي بتتسحب مني وشيراك بيحاول يقتلك، كنت حاسس أن دي نهايتي، مكنتش هقدر أعيش بعد مشوفك روحتي مني وأنا واقف عاجز.

لتبتعد عنه دِمة وهي تِمسح دموعها، لتقول بحب : محدش فيهم يقدر يعملنا حاجة خلاص يا حبيبي، قوتنا بقت أضعاف، وأحنا سوا محدش يقدر علينا وده بفضل ربنا.

ليبتسم شعيب، ولكن سرعان ما تحولت نظراته المُحبة لخائفة وهو يرا جرح عنقها، ليقول بخوف : د.... دِمة هــ... هو ليه جرح رقبتك مراحش؟

لترد دِمة بهدوء : عشان شيراك جرحني بخنجر قوي، فهيأثر عليا حتى لو ملكة مصاصين الدماء.

لِيُمسك بيدها ويُجلسها على الأريكة، ومن ثم يجلب لها علبة الأسعافات الأولية ويبدأ بتطهير جرحها، بينما هي كانت تنظر له بنظرات عاشقة، ليهتف شعيب بهدوء :

- ناكل وبعدين نطلع ننام عشان ترتاحي، ولما نصحى الصبح نبقى نشوف هنعمل ايه في البيت والأرض اللي مليانة دم.

لترد دِمة بهدوء : ماشي يا حبيبي.

لينتهي شعيب من تطهير جرحها، ليذهب ويُعد لهم بعض الطعام، ليأكلو ومن ثم يصعدو سويا لغرفة شعيب والتي أصبحت غرفة دِمة، ليذهبو في ثبات عميق وشعيب يضم دِمة وكانه يُطمئن قلبه أنها مذالت بصحة جيدة، وأنها مذالت معه.

⁎⁎⁎

في صباح اليوم التالي، أستيقظت دِمة بكسل، تفرُك عينيها بنعاس، لتنظر بجانبها فلا ترا شعيب، لتعتدل سريعًا في جلستها، وتنظر حولها، تبحث عنه بعينيها، ولكن لا أثر له، فتملك منها الخوف، وهي تُكرر مشهد البارحة داخل عقلها، لتُبعد الغطاء وتنهض بخطوات سريعة، تتمنى أن يكون تفكيرها غير صحيح، ومجرد فتحها لباب الغرفة سمعت صوت موسيقى عالية، وكأنها أغنية شعبية، ليتملك منها التعجب، لتبدأ بالنزول بخطوات هادئة نوعا ما، لترا شعيب يرتدي عباء ويرفعها قليلًا ويُثبتها على خصره، ويتني أكمام العباء، وبجانبه ممسحة، فكان يمسح الأرض وهو يرقص ويُغني، ويرتدي حذاء كي لا يسقط على ظهره، لتنظر دِمة له بصدمة، بينما كان شعيب مندمج للغاية، وكان يُدندن وهو يمسح الأرض:

- حبيبتي، أفتحي شباكك أنا جيت.

ليرفع العصاه الخاصة بالممسحة وهو يرقص بها قائلًا : أنا واقف تحت البيت.

ليُكمل رقص على الأرض المُبللة، ليلعب بعصا الممسحة، لتُحمحم دِمة بصوت عالي، ولكنه لم يسمعها، لتقول بصوت عالي قليلًا :

- شعيب.

فزع شعيب من صوتها العالي، ليُمسك بالأريكة قبل أن يسقط، وبعدها نظر إليها ثم أردف بداخله "أدعي عليكي أقول ايه، أنا اللي جبتو لنفسي" ثم يُتابع بابتسامة مرحة وهو يقول : - صباح الخير يا حبيبتي.

لترد دِمة وهي تضحك : هو صباح النور وكل حاجة يا حبيبي، بس ايه ده!

ليعتدل شعيب وهو يتكئ على عصاه المساحة ثم يقول بمرح :

- ولا حاجة يا حبيبتي، بس قولت أمسح الدم اللي على الأرض، منهم لله اللي بوظوها، المهم يعني يا حبيبتي فقولت اسلي نفسي لحد ما تقومي.

لتهتف دِيمة بخبث : اه قولتلي، بس مش موضوع صباح الخير يا حبيبتي بعد الخضة ده غريب شوية؟

ليرد شعيب بضحك : طب أقولك ايه طيب؟

لتقول دِيمة بضحك : على فكرة، أنا مصاصة دماء وبقرأ الأفكار، وعرفت قولت ايه يا حبيبي.

ليقترب منها شعيب وهو مازال يضحك، ثم يضمها وهو يهمس لها :

- يا ستي عادي، المهم روحي أفطري، أنا جهزت الأكل هتلاقيه في المطبخ.

لتنظر دِيمة له ببتسامة قائلًا : مش هتاكل معايا؟

ليبتعد شعيب قليلًا وهو ينظر للأرض بمرح : هو بصي يعني، شوية وهاكل.

ثم يُكمل ببتسامة جميلة : روحي أفطري، كفاية تعب البارح.

لتضع دِيمة يدها على وجنته وهي تقول له بهمس : تؤ، هتفطر معايا.

ثم تبتعد قليلًا، وتنظر للممسحة لتبدأ بالمسح وحدها، والمنشفة أيضًا، وكان شعيب يُتابع بتعجب، وفي خلال دقائق كانت الأرض نظيفة وقد رجع كل شيء مثلمًا كان، لتنظر له دِيمة بضحك وهي تقول: يلا بقى، روح غير وتعالى نفطر.

ليضمها شعيب وهو يضحك قائلًا بمرح: والله أنتي عسل.

ثم يبتعد وهو يُكمل بمرح: عملتي اللي كنت هعمله وزيادة في لحظات، كان هيتقطم وسط جوزك المسكين، بس عشان أنتي زوجة عسل كده ريحتيني.

لتضحك دِيمة وهي تقول بمرح : أومال أسيب جوزي حبيبي يتعب؟ ده عيب في حقي حتى.

ليضحك شعيب وهو يهتف : طيب أنا طالع.

لتُحرك دِيمة رأسها قائلة : أتفضل.

ليذهب شعيب للأعلى، بينما جلست دِيمة على الأريكة وهي تضحك، ثم تقول بهمس:

- مزاجه رايق أوي النهاردة، يارب يفضل كده على طول مبسوط وبيضحك.

ثم تُغمض عينيها بألم وهي تُكمل بحزن : هو اللي خلاني أضحك تاني، بعد ما كانت حياتي كلها جد، مكنتش بشوف حاجة حلوة من اللي حوليا، وكأن ربنا شال ليا الحلو كلو فيك أنت يا شعيب، يارب يا ماما أعرف أنتي فين، عايزة أقولك ربنا عوض قلب بنتك أزاي.

لتفتح عينيها على صوت شعيب : أنا جيت يا أهل البيت.

لتنظر له دِيمة بابتسامة، كان يرتدي بنطال أسود واسع وقميص أبيض واسع، يُشبه ملابس دِيمة الآن، ليهبط بسرعة وهو يقول بمشاكسة: يا ترا ست دِيمة كانت سرحانة في ايه، أكيد فيا صح؟

لتضحك دِيمة وهي تقول له: ده أنت النهاردة رايق أوي يا سي شعيب.

ليبتسم شعيب وبداخله شعُر بالسعادة، ثم يقترب منها وهو يُمسك يدها ويهتف بسعادة وحب :

- أمي الله يرحمها سابت ليا هدية لعيد ميلادي الـ٢٨ وخلاص عيد ميلادي قرب وقربت أفتحها، عايز أعرف ماما سيبالي ايه، وبصراحة مبسوط أن اليوم ده قرب.

لترد دِيمة بمشاكسة وهي تبتسم لأبتسامة شعيب : حساك عندك ١٠ سنين مش قربت تتم ٢٨ سنة يا حبيبي.

ليسحبها شعيب للمطبخ، ثم يبدأ برص الأشياء على الطاولة وهو يقول بهدوء :

- أمي ماتت وأنا عندي ١٤ سنة، كانت هي أقرب ليا من أبويا، عشان كده موتها كسرني فترة طويلة، يمكن لحد دلوقتي، أنتي عارفة أن بين عيد ميلادي وعيد ميلادها كام يوم؟ صدفة حلوة وأنا عشان كده بحب أعيش الأيام دي بضحك وبهزر، عشان ماما مكنتش بتحب تشوفني زعلان، عايزاني ابقى سعيد وبهزر على طول، عارف اللي أحنا بنمر بيه دلوقتي صعب بس بالنسبة ليا على الأقل أعمل حاجة أمي بتحبها.

لينظر شعيب للأرض للحظات، ذهنة شرد للحظات، ثم نظر لدِيمة وعيناه تمتلئ بالدموع

التي تُريد أن تهبط، ليهتف بصوت منخفض: أنا لحد دلوقتي مقدرتش أتخطى موتها يا ديمة.

لتقترب ديمة منه وتضمه، تحاول ألا تبكي، تُريد أن تكون قوية لأجله، لتهمس ديمة له بنبرة حنونة :

- ومين قالك تتخطاها، الأم هي الحاجة الوحيدة اللي مينفعش تتخطاها، عارف يا شعيب، أنا أمي أطلقت من شيراك لما مسكت الحكم، ومن يومها معرفش هي فين، تخيل تبقى عايش متعرفش أمك عايشة ولا ميتة، كويسة ولا تعبانة، لدرجة أنك عايز تعرف مكان قبرها، عايز تزورها، تخيل أني بعيش في الدوامة دي كل يوم.

ليُشدد شعيب من ضمها، وكأنه يُطمئنها، لتُكمل بصوت هادئ نوعا ما :

- أفضل حبها، زورها، أحكيلها، ولما توحشك أوي أدعيلها، ولما تتعب روح أشكي لربنا، هو اللي يقدر يحل ليك مشاكلك ويخلي قلبك مرتاح.

ليبتعد شعيب وهو ينظر لها بحب : شكرا أنك جنبي.

لتُمسك ديمة بيده وتجعله يجلس على مقعده وهي تقول بصرامة مزيفة :

- بص أنا ما بحبش شغل روميو وجوليت ولا شكرا وتسلم ده يا سي شعيب، يلا بقى كُل يا برنس عشان اليوم لسه طويل.

ليرفع شعيب أحد حاجبيه قائلًا : برنس؟

لترد ديمة بضيق مصطنع : بقولك ايه هتقفلي على الكلمة؟

ثم تملئ معلقة الطعام وتقول وهي تضعها أمام فم شعيب : يلا السفينة رايحة فـــين؟

ليقول شعيب بتفكير : البحر؟

ولم يُكمل جملته حتى وضعت معلقة الطعام في فمه وهي تقول بمرح :

- حبيبي شاطر يا ناس.

ليضحك شعيب ومازالت ديمة تأكل وتُطعمه، وينتهو من الأفطار ثم تأخذ ديمة شعيب إلى غرفتهم، لتقول له بمرح: يلا يا سي شعيب، هنتفرج على فيلم كرتون أما ايه عنب.

ليرد شعيب بضحك : كرتون، دِيمة أنتي شاربة ايه؟ أنتي مصاصة دماء يا حبيبتي نسيتي ولا ايه؟

لتهتف دِيمة وهي تضع يدها على خصرها بستنكار :

- ومالهم بقى مصاصين الدماء يا سي شعيب، مش لحم ودم وعندهم مشاعر، وبعدين اسم الله عليك يا عم ملك البحور السبع، أشغلك فيلم حورية البحر "أريل" عشان تعرف تتفرج؟

ليرد شعيب بمشاكسة : اه ياريت، حتى بتفكرني بحوريات البحر القمرات اللي عندي في البحر.

لتنظر له دِيمة بغيظ وهي تقول : من الأخر بقى، هنتفرج على سمبا ومش عايزة أسمع حسك.

ليهتف شعيب بصدمة : سمبا؟ سمبا يا دِيمة؟

لترد دِيمة بابتسامة صفراء : ايوه سمبا يا شعيب، أش فهمك أنت في أفلام الكرتون، ده التوب يا بني.

ليهتف هو مرة آخرى بصدمة : أبنك؟ ما هو ده اللي ناقص.

لتسحبه دِيمة ليجلسو على الفراش بمجرد بدأ الفيلم، لينظر شعيب لها وهو يفتح ذراعية لها قائلًا بحب :

- طلامة هنتفرج سوا كده كده، فتعالي.

لتقترب دِيمة وتضع رأسها على صدره، وشعيب يلف يده حولها بحب، ويشاهدو ذلك الفيلم بهدوء وأستمتاع، ليمر الوقت بهدوء وينام الاثنان في منتصف الفيلم.

أستيقظت دِيمة في الصباح الباكر، لتنظر حولها لترا شعيب يضمها وغارق في نومه، لتنظر له بحب شديد، لتتذكر موقف حدث منذ زمن.

كانت تجلس دِيمة صاحبة العشر سنوات، وبجانبها والدتها وهي تقول لها بحب: بصي يا دِيمة يا حبيبتي، مينفعش تقولي لما أكبر هتجوز واحد زي بابا عشان قوي.

لتُقاطعها دِيمة قائلًا بتذمر: لا أقول عادي، بابا قوي وأنا عايزة واحد زيه.

لتضمها ندى بحب وهي تقول بشرود : لا يا حبيبتي، أتجوزي اللي هيعاملك بمودة ورحمة، يحبك بكل عيوبك قبل مميزاتك، وأنتي كمان لما تحبي حبي بصدق يا ديمة، خليكي عارفة أن قلوبنا مش لعبة، لا قلبك ولا قلبي ولا أي قلب، لازم تحبي نفسك بشخصيتك وتصرفاتك طلامة هي كويسة، واللي بيحبك هيحبك كده.

لم تفهم ديمة ذلك الحديث وقتها، ولكنها الآن تتذكره وهي معها زوجها، الذي يتعامل معها بمودة و رحمة وحُب، أحبها رغم أختلافهم، وأصبح لها كل شيء، لتنهض ديمة من جانبه بهدوء كي لا يستيقظ، وذهبت للأستحمام، وعندما أنتهت من الأستحمام وأرتدت ملابسها التي كانت عبارة عن بنطال أصفر وقميص أبيض مكتوب عليه بالأصفر كلمات أنجليزية عادية، وبمجرد مرورها بجانب المرآة لاحظت شيء فرجعت بخطواتها وهي تنظر لنفسها، لتُلاحظ جوهرة السلسلة المُضيئة بضوء لونه أزرق، لترفع أحد حاجبيها، لترفع يدها ليظهر فيها كتاب مصاصين الدماء لتضعه أمامها في الهواء ليثبت ويبدأ بتحريك صفحاته بعشوائية حتى أتت الصحفة التي تُريدها، لتبدأ بقرأتها، وكانت عن سبب تحول ضوء الجوهرة لأزرق، لتتسع عينيها بصدمة، لتنظر لشعيب بتوتر وهي وتقول بهمس:

- بس مينفعش أعتمد على الكتاب، يـ... يمكن حاجة تانية، لازم أتأكد من "فيرونا".

لتُغمض عينيها لتتحول هيئتها لمصاصة دماء، ثم تختفي.

٭٭٭

في مملكة چورينال

وتحديدًا في أحد البيوت البسيطة، كان يوجد طرقات هادئة على الباب، لتنهض طفلة في الحادي عشر من عمرها تركض لتفتح الباب، وبمجرد أن فتحته صاحت بسعادة

-مولاتي! تفضلي.

لتدخل ديمة ببتسامة وهي تقول بحب: شُكرا "سيدرا"، أين الجدة "فيرونا"؟

لتُشير لها "سيدرا" على أحد الغرف قائلًا بهدوء: هُنا مولاتي.

لتتحرك ديمة بأتجاه الغرفة ثم تطرق الباب عدة مرات، لتسمح لها "فيرونا" بالدخول، وبمجرد دخولها أغلقت الباب بسرعة ثم تقدمت من فيرونا بحب وهي تقول: مرحبا يا جدة،

أشتقت لكِ كثيرًا.

لترد فيرونا بحب أموي: أبنتي ديمة، وأنا أشتقت لكِ للغاية، ولكن ما الأمر، أشعر بأنك متوترة من شيء ما.

لتتنهد ديمة ثم تقول لها ببتسامة متوترة: جوهرتي أخرجت ضوء أزرق، وأريد أن أتأكد من شكوكي.

لتُشير لها فيرونا أن تقترب، وبمجرد أقتراب ديمة وضعت فيرونا يدها على بطن ديمة، وبعد لحظات نتظرت لها قائلًا بسعادة :

- اللهم بارك، أبنتي أنتِ حامل بالشهر الأول.

لتنظر لها ديمة بسعادة، لتقول بتوتر من كثرة السعادة: ولكن هل سيأثر هذا بالسلب على العالم؟

أردفت فيرونا وهي تنظر لها ببتسامة هادئة : أبنتي العزيزة، لا تقلقي، لقد عاصرت الكثير من هذه الأحداث، ومن الواضح من حديثك أنك تزوجتي رَجل من أحد العوالم الآخرى، الأمر حدث أكثر من مرة على مَر العصور عزيزتي، وكان لا يؤذي العالم بشيء، بل بسبب هذا نشأت عوالم جديدة، الأهم من هذا كُله أن تجعلي طفلك يُسيطر على قوته، وأعلم أنكِ تستطيعي فعل ذلك.

لتضم ديمة فيرونا بسعادة وحب، لتقول والدموع تتجمع في عينيها من شدة السعادة :

- كُنت خائفة، فأن كان طفلي سيُسبب خطرًا على العالم فكان سيموت من قبل أن يولد، لقد أطمئن قلبي، شكرا يا جدة فيرونا.

لتُربت فيرونا على ظهر ديمة وهي تقول بحنان : الشكر لله يا أبنتي، ولا تقلقي، أنا متأكدة أن طفلك سيكون مثل أمه، ينشر الخير لا الشر.

لتبتعد ديمة وهي تبتسم بسعادة، لتقول بنبرة سعيدة : يجب أن أذهب الآن، فـزوجي على وشك الأستيقاظ.

ضحكت فيرونا على سعادة ديمة، فهي منذ فترة طويلة لم تراها سعيدة وتضحك هكذا، لترد بحب وحنان:

- أذهبي يا أبنتي، وحافظي على نفسك وطفلك الجميل.

لتُحرك ديمة رأسها بالإيجاب، ومن ثم تختفي، لتضم فيرونا يدها بغرض الدُعاء، لتهتف بحب ويقين بالأجابة : يا الله، أحفظ ديمة وطفلها، فهي ليس لها أحدًا غيرك يا رحمٰن يا رحيم.

ظهرت ديمة في غرفتها الخاصة بها وعادت لهيئتها قبل الذهاب، لتقترب من شعيب وتجلس بجانبه، وظلت تنظر له وتتأمل ملامحه بحب شديد، وفي تلك الأثناء بدأ شعيب بالأستيقاظ، ليرا ديمة والتي تبتعد عنه قليلًا وتضع يديها على وجنتيها وتنظر له، ليقول شعيب وهو يعتدل قليلًا في جلسته : في معجبة هنا.

لتضحك برقة وهي تقول بمرح : الله، مش حضرتك جوزي.

ليفتح لها ذراعيه وهو يضحك بهدوء ويهتف : ده حضرتي ليا الشرف أني جوزك أصلا، كل القمر ده بتاعي لوحدي.

ثم يُكمل بمرح : مش هتصبحي على حبيبك؟

لتضمه ديمة وهي تضحك، لتقول له بحب : صباح الخير يا حبيبي.

ليرد شعيب وهو يُقبل جبهتها وينظر لها بحب : صباح الجمال يا حبيبتي.

ليعم الصمت للحظات، لتبتعد ديمة وهي تقول بهدوء : هو النهاردة في مناسبة يا شعيب؟

ليهز شعيب رأسه بهدوء وهو يقول : اه، عيد ميلاد أمي.

لترد ديمة بتلقائية : حماتي

ثم تُكمل بابتسامة : يلا قوم قدامي.

لينظر لها شعيب بتعجب وهو يقول : أقوم أروح فين.

لترد ديمة بابتسامة : هنروح لحماتي يا شعيب، اللي أعرفه أن الدفن عندكم على البر مش في البحر صح؟

ليهز شعيب رأسه بالإيجاب وهو يقول : اه، طب حتى أستني أضبط حالي.

لتضحك دِيمة وهي تقول : لا يا عم، أحنا هنروح كده هو.

ليرد عليها بضحك : وأروح منكوش كمان؟ وسعي أقوم أغير هدومي.

لتنظر له دِيمة بنظرة خبيثة وهي تُمسك بيده : تؤ، وهنروح دلوقتي.

ليهتف شعيب بسرعة : لا دِيمة متهزريش.

وقبل أن يُكمل حديثه كانت دِيمة أختفت وأخذته معها، ليظهرو في مكان قريب من البحر، كان الجو هادئ، لطيف، وأمامهم مقابر أهل البحار المعروفة، والتي لم يكتشفها البشر بعد، لتهمس دِيمة لشعيب قائلًا بحيرة : فين حماتي؟

ليبدأ شعيب بالأقتراب من المقابر بخطوات بطيئة، حتى وصل لمقبرة والدته، والدموع بدأت تتجمع في عيناه وذكرياته معها تمر من أمام عيناه بشكل قاسي على قلبه، ليشد أنتباهه دِيمة التي بجانبه وهي تقول ببتسامة :

- أزيك يا حماتي، شوفتي، جبتلك ابنك لحد عندك، أصلا هو كسلان ومكنش راضي يقوم من السرير، وعمال يقولي أروح أشوف أمي وأنا شعري منكوش، بذمتك يا حماتي مكنتيش بتحبي شكله وهو منكوش كده وشكلو كيوت؟

لتنظر لشعيب والذي ينظر لها بتعجب رغم عيناه الحمراء بسبب رغبته في البكاء، لتُكمل دِيمة بمرح :

- أكيد مش عرفاني، هعرفك بيا، أنا مرات ابنك ده، مصاصة دماء، هتقوليلي أزاي هقولك ابنك وقع في حُبي وبقى عمال يجي ورايا في كل حته و يقول ليا بحبك يا دِيمة بحبك بعيونك الحمر دول، وفي الرايحة والجاية يقولي يا بت يا كاريزما أنا قلبي بسببك وقع في الجزمة، ابنك بصراحة رومانسي أوي بس مليش في التلزيق ده، بتعب نفسيًا والله يا حماتي، وبصراحة صعب عليا، قولت أخد فيه ثواب و اوافق اتجوزه.

ليرفع شعيب أحد حاجبيه بصدمة وهو يقول : وحياة الحجة الوالدة؟

لتهتف دِيمة بسرعة : شايفة يا حماتي شايفة تربيتك، شوية شوية هيقولي وحياة أمك، شوفتي أنا مستحملة ايه؟

ليُمسك شعيب دِيمة من ملابسها تحديدًا من خلف عنقها وهو يقول بصدمة :

- نعم يا عنيا؟ ده أنا اللي عرفت أنك بتحبيني وأتجوزتك.

لتقول دِيمة بمرح : بس طلعت كنت دايب فيا دوب يا حبيبي وكاتب فيا شعر، أبنك بقى شاعر يا حماتي.

ثم تُكمل قائلة : بس لحظة، شايفة ابنك ماسكني أزاي؟ شايفة، كل ده عشان مليش لا حبيب ولا قريب ولا حتى غريب شوفتي يا حماتي.

ليتركها شعيب وهو ينظر لها بصدمة ليقول : أنتي شاربة ايه؟

ثم ينظر شعيب لقبر والدته وهو يُكمل : ما تصدقيهاش يا أمي.

لتقول دِيمة بتذمر طفولي مزيف : أنا هستنى برا، ابنك بيعصبني يا حماتي، ومتصدقيش كلامه، ده نوتي.

ثم تخرج بخطوات سريعة قليلًا، بينما نظر شعيب لقبر والدته وأنفجر في الضحك بشكل هستيري، لتمر عدة دقائق ثم يتحول الضحك إلى بكاء شديد، ليقع على الأرض، حتى دِيمة سمعت صوت ضحكاته وبكائه العالي، لتضع يدها على فمها وعيونها تُخرج شلالات من الدموع حزنًا على حبيبها، بينما بدأ شعيب الحديث قائلًا بألم ونبرة مُهتزة :

- شوفتي يا ماما، بابا بقى وحش، وحش قوي، بقى قاسي عليا لدرجة خلاني أعتبره عدوي غصب عني، عمري ما كنت أتخيل أن هيجي يوم وهحارب أبويا، اللي بابا عمله كسرني، عارفة أن ابنك مش بيتكسر، بس أتكسر منك بموتك، ومرة تانية من أنانيت أبوه.

ليبتسم وهو ينظر للسماء بعيون دامعة ويُكمل حديثه :

- بس أقولك حاجة، أحسن حاجة حصلت ليا أن دِيمة بقت في حياتي، من ساعت ما عرفت أني الأيام دي ببقى متأثر بموتك ما سبتنيش لحظة، حتى هزارها دلوقتي كان عشاني، هي اللي قوتني ساعت ما عرفت حقيقة بابا، كانت عارفة أن في خطر على حياتها وبرغم ده راحت حاربت ملك مصاصين الدماء عشان تاخد قوتو بس عشان تنقذ حياتي، وأنقذت حياتي لما ساردار وسُفيان حاولو يقتلوني، ولسه من أيام أنقذت حياتي تاني، أنا بحبها أوي يا أمي، لو حصلها حاجة أنا ممكن أموت، مش هقدر أعيش لو هي مش موجودة معايا.

ليتنهد بقوة وهو يقول ببتسامة : عيد ميلادي بكرا يا ماما، ودي أول مرة أبقى مبسوط بيه من بعد موتك، دِيمة معايا وده كفاية يخليني أفرح بكل يوم هي معايا فيه، ومتأكد أنها

هتخلي اليوم ده مميز في حياتي، عارفة يا ماما، دمة فيها شبه منك، من حنيتك، وطيبة قلبك، حتى خوفها عليا زيك، وكأنها نفس الروح الطيبة، ربنا عوضني يا أمي، عوضني بأحلى زوجة وحبيبة وأم وصحبة في الدنيا.

لينهض وهو يقول لها بابتسامة : سلام يا ماما، بحبك.

ليبدأ بالتحرك للخارج، بينما مسحت دمة دموعها وهي تبتسم، وبمجرد خروج شعيب قالت دمة بمرح :

-ايه يا سي شعيب، خليت حماتي في صفك صح، والله أنا مظلومة، ده أنا كيوت وأتحب.

ليضحك شعيب وهو يقول : لا يا ستي ولا بقت في صفي ولا حاجة.

لترد دمة بمرح : اي ده بجد! حماتي حبيبتي دي.

ليضحك شعيب وهو يسحبها ويضمها إليه بحب، ثم يهتف بحب : شكرا أنك هنا.

لتنظر له دمة بنصف عين وهي تقول بضيق : شكرا؟ عارف يا شعيب لو قولت ليا شكرا تاني أنت حر.

ليضحك شعيب وهو بقول بنبرة هادئة وهو ينظر لها قائلًا : خلاص، كل ما أحب أقولك شكرا هقولك... بحبك.

لتنظر دمة للأرض بخجل وهي تقول: وأنا كمان على فكرة، بس خلي بالك هتقولها كتير على كده.

ليضحك شعيب وهو يقول : عندك حق والله.

لتضحك دمة وهي ترا الابتسامة تُضيء وجهه، لتختفي به ويظهرو في غرفتهم، لتقول دمة بمشاكسة :

- روح الشركة بقى وبطل دلع، بقالك كذا شهر مش بتروح من ساعت ما كنا في الفندق عند ساردار.

ليرد شعيب بتذمر: ليه طيب، ما حتى أنا قاعد مونسك.

لتضحك دمة وهي تدفعه وتقول : أنا بونس نفسي بنفسي يا حبيبي، يلا بقى روح الشركة

زمان الواد حسام قاعد بيدعي علينا.

لينظر شعيب لعيون ديمة وهو يقول بنبرة جذابة : وفيها ايه، براحتي، وبعدين مش المفروض أقعد مع مراتي حبيبتي.

لترد عليه ديمة بنبرة رقيقة وهي تنظر في عينيه : لما ترجع من الشغل يا حبيبي تقعد من مراتك زي ما أنت عاوز.

لتصرخ بصوت عالي قليلًا : دلوقتي بقى على الشغل.

ليبتعد عنها شعيب بضيق وتذمر وهو يُتمتم : ماشي يختي، لما نشوف أخرتها.

ليذهب شعيب للأستحمام ويرتدي بدلة سوداء، ليخرج ويترك ديمة دون أن يتحدث معها، لتذهب ورائه حتى باب المنزل، لتهتف ديمة بمرح :

- حبيبي، تعالى ثانية.

ليتحرك شعيب وهو يقول بضيق : ورايا شغل.

لتُمسك ديمة بيده وهي تقول بنبرة حنونة : يا حبيبي أفهمني، حسام برده محتاج يقعد مع سمر بعيد عن الشغل، وأنت سايب الشغل كلو عليهم، وبعدين مين قالك أني هسيبك، أنا هبقى مستنياك كل يوم، وأنت هتتمنى تخلص شغل عشان ترجع هنا، بيبقى أحساس جميل أنا مش عايزاك تتحرم منه، ومن ضمنهم أني أسلم عليك قبل ما تمشي.

لتضمه بحب، بينما أبتسم شعيب وهو يضمها إليه بحب، ليبتعد عنها قليلًا ومن ثم يُقبل جبهتها ويقول وهو ينظر في عينيها بحب :

- هتوحشيني.

لترد ديمة بابتسامة رقيقة : وأنت كمان.

ليذهب شعيب لعمله، بينما ذهبت ديمة لداخل البيت، ثم قالت بمرح :

- يوم عيد ميلادك يا حبيبي هيبقى أحلى يوم، صدقني.

لتنظر للبيت بحماسة وهي تقول بنبرة متحمسة : يلا نجهز عيد ميلاد سي شعيب.

لتضع يدها على معدتها وهي تقول بحب : أبوك هيفرح أوي لما تيجي، وأصلا هو هيبقى فرحان أنك موجود، أنا عارفة أن شعيب من فرحته ممكن يعد الشهور والأيام والساعات لحد متيجي، هيحبك أوي، زي ما بيحبني ويمكن أكتر.

لتبدأ دِيمة بالحركة وبالأختفاء وتجلب أشياء وتغير أماكن أشياء آخرى.

٭٭٭

في المساء، وتحديدًا في الساعة ١٢ منتصف الليل

دخل شعيب للبيت، وبمجرد دخوله صُدم بمظهر البيت، كان يملئه الشموع والورود، وكعكة في المنتصف، لتظهر دِيمة وهي ترتدي فستان أحمر داكن طويل بأكمام شفافة و واسع من الأسفل، لتقترب منه بهدوء وهي تقول ببتسامة رقيقة :

- زي النهاردة أتولد شعيب، و زي النهاردة بَرده شعيب عرف أن هيبقى في منه نسخة صغيرة.

لينظر لها شعيب بتعجب، لتقترب منه ومن ثم تُمسك بيده وتضعها على معدتها، لتقول بحب : أنا حامل.

ليظل ينظر شعيب لها بصدمة لعدة دقائق، ليضمها إليه بشدة وبدأ صوت بكائه يظهر، ولكنها ضمته وهي تضع رأسها على كتفه بهدوء، لتسمع صوته من وسط بكائه وهو يهتف:
- يــ... يعني أنا هبقى أ... أب؟

لترد دِيمة ببتسامة : وأحلى أب.

لتسمع صوته وهو يحمد الله بشدة، وبعد لحظات قال شعيب وهو يبتعد عنها وينظر لها قائلًا بمشاعر متخابطة: أنا مــ... مش مصدق نفسي، هــ... هو عوض ربنا حلو أوي كده؟

لتضع دِيمة وظهرت في عينيها الدموع، لتقول بصوت مهزوز مع أبتسامة جميلة :

- أيوة يا حبيبي، عوض ربنا حلو أوي.

ليضحك شعيب والدموع تتجمع في عينيه من جديد، ليضمها مرة آخرى وهي تضمه بحب شديد، ليمسكها بقوة ويدور بها، وبعد لحظات أنزلها وقبل جبهتها ويديها بحب،

ليقول بحب :- بحبك يا أجمل حاجة حصلت في حياتي.

لترد دِمة بحب وهي تقول بنبرة رقيقة : وأنا كمان بحبك يا أجمل عوض ربنا بعته ليا.

لتُمسك دِمة بيده وتسحبه معها إلى الكعكة، ليبدأو بالغناء في أجواء لطيفة وسعيدة، وبالنهاية أطفئ شعيب الشموع.

***

بعد مرور ثمانية أشهر

كانت دِمة تجلس وتأكل التفاح، ومعدتها أصبحت كبيرًا أثر الحمل، ليدخل شعيب وهو بقول بمرح : حبيبت بابا عاملة ايه.

لترد دِمة بتذمر : أنت مُصر أنها بنت ليه؟

ليضحك شعيب وهو يقول : عايزها تكون بنت، وتبقى شبهك، واسميها دِمة.

لتهتف دِمة بضيق: بقولك ايه البت الغلبانة دي يعني لو طلعت بنت، ذنبها ايه يبقى اسمها دِمة، ده حتى في شوية أسماء جديدة عنب يا واد يا شعيب، وبعدين تبقى شبهي مين، بعيون العفاريت دي.

ليضحك شعيب بشدة، ليرد وهو مازال يضحك : الحمل عامل معاكي فوق الصح يا حبيبتي، بس والله ما مصدق أني مستحملك بقالي ٨ شهور.

لتقول دِمة بضيق : أضحك أضحك، قصدك ايه بقى باللي بتقولو ده؟ طب على فكرة بقى مخصماك.

ليرد شعيب وهو يضحك : أسكتي طيب يختي.

ليسمع شعيب صوت طرقات الباب الرئيسي للمنزل، ليقول شعيب : أنا نازل أشوف مين.

لتتحرك دِمة وهي تقول : ولاا، أستنى خدني معاك.

ليُمسك بها شعيب وهو يقول بمرح : يلا يختي، والله ما بقيت عارف دي بنتي ولا أكل.

لتضحك ديمة وهي تقول : أعمل ايه، ابنك هو اللي جعان على طول، أنا مالي.

ليرد شعيب بتعديل : تؤ تؤ، أسمها بنتك.

ليُكمل حديثه قائلًا : وبعدين براحتها حبيبة أبوها دي.

لتهتف ديمة بغيظ : الله الله، من دلوقتي هتقف في صفها؟

ليضحك شعيب وهو يقول : بصي لما تيجي نبقى نشوف الموضوع ده.

ليذهب ويفتح الباب وهو يُمسك بديمة، وبمجرد فتح الباب وضعت سمر يدها على فمها بصدمة، بينما نظر حسام بصدمة لهم، ليقولو سويا : ديمة حامل!

لينظر شعيب لديمة بتوتر، لتقول ديمة بتلقائية : والله ابنو.

ليضحك شعيب وهو يدخلها قائلًا : هما عرفين والله، أدخلي أنتي بس.

وبعد دخولهم جميعًا، وقفت سمر قائلًا بصدمة : أزاي؟ دي من كام شهر كانت في فرحي أنا وحسام وكان مش باين عليها حاجة.

ليقول حسام بصدمة : يعني كانت في الشهور الأولى، طب ليه محدش قال لينا؟

لتهتف ديمة بتذمر وهي تأكل المقرمشات : ما خلاص بقى منك ليها، وفيها ايه حامل أجرمت أنا.

ليرد شعيب بتسامة : أهدي يا حبيبتي أنا هفهمهم.

لينظر شعيب لهم وهو يقول بهدوء : لما ديمة بقت حامل قررنا محدش يعرف بده غيري أنا وهي، حتى أنتم قررنا منقولش ليكم.

لتقاطعه سمر بحزن : ليه يعني؟

لتهتف ديمة بضيق وهي تُكمل أكل المقرمشات : عشان عنيكو وحشة، هيكون عشان ايه يا سمر ما تسكتي وتسمعي الراجل المحترم ده هيقول ايه.

ليضحك شعيب وهو يُكمل : المهم، مقولناش لحد عشان أكيد أعدائنا مستنيين غلطة لينا عشان يهجمو علينا، لأن قبل حمل ديمة بأيام جم هنا وكانو هيقتلونا.

لتُتمتم دِمة بضيق : ولاد البطيخة، أشوفهم بس.

ليُحاول شعيب أمساك ضحكته وهو يُكمل : وعشان كده مقولناش لحد عشان يمكن بيراقبوكم، وقولنا بعد ما دِمة تخلف هنقول ليكم على الأقل الخطر هيقل شوية، وهنبقى أحنا فوقنا ليهم، وحظهم أن دِمة خلاص قربت تولد.

لتنظر دِمة لشعيب وهي تُقرب منه كيس المقرمشات ومن ثم تقول : تاخد؟

ليجلس بجانبها ويبدأ بالأكل معها، بينما قال حسام بضحك : وهي كده بقى من ساعت ما بقت حامل؟

ليُحرك شعيب رأسه وهو يضحك، بينما نظرت له دِمة بضيق وهي تقول :

- قصدك ايه يا برنس.

لينظر حسام لسمر والتي أصبحت حامل في الشهر الرابع، ليقول بمرح: مقصدش، بس عندي نسخة منك في البيت.

لتضع سمر يديها على خصرها وهي تقول بضيق : ملناش دعوة بكلام الأستاذ ده، المهم، يعني أنا أقولك أني حامل وأنتي بقيتي حامل ومقولتيش، يا خسارة الصحوبية.

لترد دِمة بذمر : بقولك ايه أهدي كده عشان ما أقمش أمص دمك، وأنا أصلا بقالي يومين بتلكك.

ليُمسك حسام بسمر وهو يقول : احم، ده أحنا كده نستأذن بقى.

ليضحك شعيب وهو يقول : خير ما عملت والله، يلا أتكل على الله وهبقى أقولكم لما تولد، هتكون رجعت عادية تاني.

ليسمت صوت دِمة وهي تقول : قصدك أني مجنونة يا سي شعيب ولا ايه نظامك؟

ليضحك شعيب وهو يقول : مقصدش يا حبيبتي.

ليذهب سمر وحسام بسرعة، بينما جلس شعيب مع دِمة.

***

في بيت حسام وسمر

بمجرد دخول سمر قالت بضحك : مش مصدقة، دِيمة هتبقى أم هي وشعيب، لا وكمان كلها أيام وهلاقي طفلهم بيلعب حولينا.

ليبتسم حسام وهو يقول : هما طيبين ويستاهلو أكتر من كده بكتير، يلا بقى ننام شوية عشان لسه المفروض نروح للدكتورة اللي بتابع معاكي.

لترد سمر بابتسامة هادئة: ماشي يا حبيبي.

ليذهبو لغرفتهم وبمجرد أغلاق باب غرفتهم ظهر سيلاك وهو جالس على الأريكة، يظهر على وجهه علامات الغضب والحزن، ليقول بقهر وغل :

- ماشي يا دِيمة، طفلك اللي مستنياه كل الشهور دي أنا هقتله بأيدي، عشان كده مختفية بقالك شهور.

ليُكمل بحقد وغل : عشان طفل شعيب اللي جواكي، وحياتك عندي لأقهرك أنتي وهو بطفلكم.

ليختفي سيلاك من المنزل تمامًا، وهو بداخله بدأ يُفكر بدمار شعيب دِيمة حتى يصبح كلاهما يتمنى الموت.

مرت عدة أيام، وفي قصر سيلاك بمملكة ڤينالين، حين يسكن أعداء دِيمة وشعيب.

قال شيراك بابتسامة خبيثة : بص يا سيلاك، أهدى، مش عايزك متسرع كده، قولتلك هنخليهم يعيطو بدل الدموع دم لما طفلهم يموت، والنهاردة يوم مناسب لكده.

لينظر ورائه وهو يقول بابتسامة خبيثة : "صيلان" أنت عرفت هما فين؟

ليجيبه "صيلان" أحد الخدم من مملكة ڤينالين : ايوه يا أستاذ شيراك، في جنينة خاصة بيهم، مفيهاش غيرهم هما وصحابهم.

(أهل ڤينالين مش بيتكلمو فصحة، وسيلام بيتكلمها لما بيكون في مملكة چورينال)

ليُحرك شيراك رأسه بشفقة مصطنعة وهو يقول : يا عيني عليهم، مكتوب أنهم يموتو معاهم.

ليرفع شيراك نظره بخبث: أصلي مش ناوي أخليهم عايشين.

***

في الحديقة

دِيمة كانت تسير بجانب شعيب وهي تأكل أخر قطعة من البيتزا التي أحضروها معهم، ليقول شعيب بضحك :

- حبيبتي هو أنتي مش بتبطلي أكل؟

لتهز رأسها بالنفي، ليضحك عليها شعيب، وبعدها قال بهدوء :

- صحيح، ليه كنتي عايزة تخرجي النهاردة.

لترد دِيمة بتذمر شديد : أتخنقت يا شعيب، نفسي أخرج كده وأتمشى، وكمان البت سمر كانت وحشاني، وبعدين يا حبيبي ما تقلقش ما كل حاجة كويسة اهو.

ليقطع حديثهم صوت سمر وهي تقول بضيق : يعني مش هتجيب ليا البطيخة الصفرا من جوه دي.

ليرد حسام ببتسامة : اجبهالك منين أنا، أنا أعرف البطيخة اللي بتبقى حمرا من جوه.

لتضرب سمر قدمها في الأرض بتذمر وهي تقول : مليش دعوة يا حسام، عايزة البطيخة الصفرا.

لتضحك دِيمة وهي تقول : مالك يا صفرا بس فيه ايه؟

لترد سمر بضيق : البيه مش عايز يجبلي البطيخة اللي بتبقى من جوه صفرا.

لتضحك دِيمة وهي تقول لها : ولا تزعلي نفسك.

لتنظر لحسام وهي تقول بجدية مزيفة: أسمع ياللي اسمك حسام، هتجيب لسمر البطيخة اللي من جوا بتبقى صفرا ولا أجبلك هالك؟

ليضحك حسام بغيظ وهو يقول : هو أنا أقدر منفذش طلب لسمر، دي حبيبتي ونن عيني دي، هجبلك البطيخة الصفرا والحمرا والخضرا لو عايزة.

لترد سمر بالقليل من الرضاء : أنا عايزة الصفرا بس.

ليُمسك بيدها ويُقبلها وهو يقول : حبيبي يطلب وأنا أنفذ، ده أنتي أم العيال يا بت.

لتضحك ديمة وهي تقول : جوز أختي الشطور.

لتُمسك بعدها بيد شعيب وهي تقول بمرح : بقولك، مش ناوي تجبلي حاجات حلوة كده زي ما حسام بيجيب لسمر؟

ليضمها شعيب أليه من كتفيها وهو يقول ببتسامة : لو عايزة القمر هجبهولك.

لتنظر له ببتسامة وهي تقول بحب : وأنا عوزاك أنت بس.

ليقطع تلك اللحظة صوت حسام المتلعثم وهو يقول : يــ... يا حج روميو أنت وجوليت، بصو وراكم.

لينظر كلاهما ورائهم، ليروا جيش قينالين ومعه شيراك وسيلاك، وبجانبهم ساردار وسُفيان، لتضرب ديمة يدها في بعضها بسعادة وهي تقول: الله أكبر، حرب حرب.

لينظر لها شعيب وهو يرفع أحد حاجبيه، ليقول بتعجب : ديمة حبيبتي دول عايزين يقتلونا.

لتنظر له ديمة بحماس وهي تقول : بطلت أقلق يا حبيبي، أحنا مش هنموت غير لما عمرنا يخلص، ولو عمري هيخلص لحد هنا عايزة أكون بحاربهم، وأبوظ خططهم ومن بعدي الاقي حد يبوظها، بس يا حبيبي.

لترتفع ديمة للأعلى وعينيها تتلون بالأسود، لتقول بصوت عالي :

- أنا أصلا كنت عايزة أقتل حد وأشرب دمه بقالي فترة، حظكم بقى.

لتُغمض عينيها لعدة لحظات، لتظهر منها نسخ كثيرة مثل الجيش، ليبدأو بمحاربة أهل قينالين، بينما بدأ شعيب بمحاربة سُفيان وساردار بكل قوته، أما شيراك وسيلاك كانُ يحاولون الوصول لديمة لتختفي نسخها، فهي أن حدث بها شيء؛ كل شيء سينتهي.

لتنظر سمر حولها، لتُمسك عصا وتضرب سيلاك بها، وبمجرد نظر سيلاك لهم رمى حسام عليه ثوم، ومن حسن حظه دخل بفمه، لتقول سمر بضحك: لا جامد، بس ايه جاب الثوم عندك.

ليضحك حسام وهو يقول : جبتو أحتياطي عشان صحبتك ممكن كانت تودينى لهالك
.دد

لتضحك سمر وهي ترمي به العصا، لينهال حسام بالضرب على سيلاك بينما كانت سمر
تعضه وتركله، لينظر شيراك لهم جميعا، فنُسخ دِيمة قد هزمت جيش قِينالين، وساردار
وسُفيان قد هزمهم شعيب هزيمة ساحقة، بينما سيلاك خلفه يُضرب فقط، ليُغمض شيراك
عيناه، ليختفي ويظهر أمام دِيمة ليضربها بالخنجر في كتفها، كانت ضربة عشوائية منه،
لتختفي جميع نسخ دِيمة، بينما دِيمة كانت تقع ولكن أمسكها شعيب قبل أن تهبط على
الأرض، لينظر بخوف وهو يقول : دِيمة مالك؟

لترد دِيمة عليه وهي تقول بألم : شـ... شعيب، جيب تشيا، بـ... بسرعة.

لينظر شعيب حوله للحظة، فشيراك أخذ الجميع وأختفى، بينما سمر وحسام أقتربو
منه، ليضع شعيب دِيمة على الأرض وبجانبها سمر التي أمسكت بيدها، ليُغمض عيناه وهو
يقول بصوت منخفض : تشيا.

لتظهر تشيا أمامه، ليسمع صوت دِيمة الضعيف وهي تقول : تـ... تشيا، خديني أنا
وشعيب عند "كيانيا" و رجعي سمر وحسام لبيتهم.

لتُحرك تشيا رأسها بالإيجاب، لتُغمض عينيها لتظهر منها نسختين، لتذهب نسخة مع
سمر وحسام والحقيقية تذهب مع شعيب ودِيمة.

❋❋❋

في مملكة چورينال

كانت تشيا تجلس أمام أمرأة عجوز ترتدي عباء سوداء، لتقترب العجوز من دِيمة التي
تتألم بشكل غير طبيعي، لدرجة البكاء، لتهتف العجوز "كيانيا" بصوت غليظ قليلًا: تشيا،
أدخلي دِيمة لتلك الغرفة، فأنها على وشك الولادة.

لتُساعد تشيا دِيمة للدخول لتلك الغرفة، بينما كان الخوف يظهر على ملامح شعيب
بشدة، لتنظر له العجوز وهي تقول: لا تقلق يا فتى، بالتأكيد ستنهض وبكل قوتها، لا يوجد
شيء خطير إلا المولود.

لينظر لها شعيب بعدم فهم، بينما هي تركته وذهبت لديمة.

صوت ضعيف متألم، كانت ذلك صوتها، وكان شعيب يسمع ذلك ويشعُر بالتوتر والخوف الشديد عليها، ليمر بعد الوقت وديمة تتألم وشعيب ينتظر خروج أحداهما ليطمئن قلبه على حبيبتُه، وفجأه سمع صوت طفلة صغيرة تبكي، ليبتسم تلقائيًا، فهو كان يتمنى فتاة، وها هي قد أتت، لتخرج تشيا وهي تحمل الطفلة التي كان حولها غطاء أبيض ويظهر منها فقط وجهها، لتقول تشيا له ببتسامة :

- مُبارك يا شعيب، ربنا رزقك بـبنت زي القمر.

ليحمل شعيب طفلته وهو يتأملها، فهي نسخة مُصغرة من والدتها في جمال، ولكن عينيها تُشبه عينين والدها، لينظر لها بحب شديد، بينما قالت له تشيا بنبرة هادئة : تقدر تدخل لديمة.

ليذهب شعيب لديمة وهو مذال يحمل طفلته، و بمجرد دخوله همس بصوت منخفض وقريب من ديمة : مش قولتلك بنت.

لتضحك ديمة بصوت هادئ، لتعتدل في جلستها وهي تُمسك بطفلتها بحب، ليهمس شعيب بحب وهو ينظر لطفلته : ديمة الصغيرة.

لتنظر له ديمة بحب، بينما هو كان يُداعب وجه طفلته بحب، ولكن قطع عليهم ذلك صوت العجوز كيانيا وهي تقول بجمود: تشيا، خذي هذه الطفلة الآن.

لتأخذها تشيا بهدوء، بينما قالت كيانيا وهي تستند على عجازها وتقول بنبرة باردة :

- زواجكم شيء خطير على البشر، ولكن أنجابكم هو خطر على جميع العوالم.

لتنظر لهم وهي تُتابع حديثها: هذه الطفلة لديها قوة تفوقكم، فهي أبنه ملك البحار السبع، وملكة مصاصين الدماء، بمعنى أن لديها قوة مدمرة، هذه الفتاة ستُبب الدمار للعوالم، وليس فقط عالم البشر.

لترد عليها ديمة بسرعة : ولكن فيرونا قالت لي أن الطفلة حين تولد لن تكون خطرًا على العالم، فنحن بجانبها وسنعلمها كيف تستخدم قوتها.

لتُقاطعها كيانيا بحدة : لقد قُلت ما لدي، وليس يوجد حديث أخر، هذه الطفلة ستكون سبب دمار كل شيء.

لتذهب كيانيا بعيدًا عنهم، لتنظر دِمة لشعيب بوجه حزين وخائف، والدموع أصبحت تملئ مُقلتيها، ليضمها شعيب إليه وهو يقول : مالك يا حبيبتي بس.

لترد دِمة ببكاء : أنت مش سامع بتقول ايه؟ يــ... يعني بنتي هتخل عنها.

ليُشدد شعيب من ضمه لها وهو يقول بحنان: مش هيحصل يا حبيبتي، بنتنا هتعيش وسطنا، وقوتها هتبقى في الخير مش في الشر، دي بنت دِمة وشعيب، والاتنين عمرهم ما أستخدمو قوتهم في الشر.

لتبتسم دِمة له، بينما قال شعيب لها بصوت هادئ : لازم نعرف أزاي نعيش بشكل طبيعي يا دِمة، أحنا كان جوازنا خطير بالنسبة للكل، أكيد في حل يخليه عادي.

لتنظر له دِمة وهي تقول بنبرة متعجبة : بس أنا وأنت عرفين أن مفيش حل غير أننا نتنازل على قوتنا.

لينظر شعيب لها وهو يقول بثقة : عارف، وعشان كده لازم نحبس أعدائنا وبعدين نتنازل عن قوتنا.

ثم يُكمل بمشاكسة: عشان نونس دِمة الصغيرة بأخوات صغيرين، بس مش كوارث.

لتضحك دِمة وهي تقول بنبرة هادئة : ماشي يا سيدي.

وفي ذلك الكهف المتهالك الخاص بالعجوز كيانيا، كانت الطفلة موضعة على فراش بسيط وشبه متهالك، بينما ظهر أمامها شيراك وبيده سكين، لينظر لها قائلًا بابتسامة هادئة :

- أزيك، أنا أبقى جدو يا حبيبتي.

ليتنهد وهو يُكمل بهدوء : عارفة، مشكلتي مع مامتك، هي عدوتي، بس أنتي هتدفعي تمن عداوتي معاها، آسف يا حبيبة جدو، بس لازم تـــمـــوتـــي.

ليرفع السكين أمام جوهه وهو ينظر لها ببرود، ومن ثم بدأ تنفيذ ما يُريده، قتل الصغيرة بطريقة وحشية، وبرغم موتها مع أول طعنة إلا أنه لم يكتفي بذلك، وظل يفعل ما يفعله

وكأنه ينتقم من دِيمة وليس يقتل فتاتها الصغيرة، والتي تكون حفيدته، ومجرد أنتهائه ظهرت ورقة بيده، وضعها بجانب جثمان الطفلة المشوه، وأختفى.

وبعد لحظات ظهرت تشيا، ولكنها تجمدت في مكانها وهي تنظر لجثمان الطفلة المشوه، لتذهب بسرعة لدِيمة وشعيب وهي تقول بصوت مرتعب: شعيب دِيمة، الـ... الطفلة.

لينهض شعيب بسرعة ليذهب لمكان الطفلة، ليقف على باب الغرفة، بينما صرخت دِيمة وهي تقول بخوف:

- فـ... في ايه يا تشيا، مال بنتي، حصلها حاجة.

لتبكي تشيا وهي تضع يدها على فمها من هول الصدمة، لتصرخ بها دِيمة وهي تقول بخوف: - تشيا ردي عليا، بنتي حصلها حاجة.

لتحاول دِيمة النهوض لتمنعها تشيا وهي تقول ببكاء: الطفلة ماتت يا دِيمة.

لتصرخ دِيمة بألم، وهي تقول ببكاء: أبعدي، بنتي عايزة أشوف بنتي.

لتصرخ دِيمة في شعيب الواقف على الباب لتقول: شـعـيـب، بنتي يا شعيب.

لكن كان شعيب شبه مغيب عن الواقع، ينظر لجثة طفلته المُشوهه بصدمة، قلبه يعتصر حزنًا على ذلك المشهد، لتبدأ دموعه بالنزول دون أن يشعُر، ليُغمض عيناه بألم وهو يسمع صرخات دِيمة، ولكنه تجاهلها وبدأ بالأقتراب من جثمان الطفلة، ومجرد أقترابه أمسك بتلك الورقة التي بجانب أبنته والتي يوجد عليها اسم "شيراك"، لينظر للورقة بكره، ليبدأ بقفل قبضة يده عليها بقوة، لينظر مرة أخرى لجثة طفلته، ليبدأ بالبكاء بشكل هستيري، وكأن أخر قشة له كُسرت، وقلبه كُسِر معها، لتسمع صوت بكائه دِيمة لتصرخ بألم وهي تقول:

- مين عمل كده يا شعيب، مين قتل بنتي يا شعيب.

ليصمت شعيب للحظة قبل أن يقول بنبرة كره وغضب: شيراك، اللي قتلها شيراك يا دِيمة.

لتنهار دِيمة على الأرض بضعف وهي تبكي بقوة، بينما كانت دموع شعيب تهبط بصمت وهو ينظر للجثمان، ليبدأ بالنهوض ببطئ ولف "ملاية" الفراش عليها، ليحملها وهو يخرج

خارج الغرفة بجمود رغم دموعه التي تهبط بصمت، وبمجرد أن رأته ديمة قالت له بضعف:

- عايزة أشوف بنتي.

لينظر لها شعيب ليرد بنبرة مهتزة : لو موتها وجعك، فلو شُفتيها هتتوجعي أضعاف وجعك دلوقتي.

لتصرخ ديمة بألم وحزن، وتشيا مازالت تضمها، لتُساعد تشيا ديمة على النهوض وهم يسيرون وراء شعيب الذي يحاول الثبات قدر المستطاع.

كان شعيب يحفر قبر أبنته بدموع قهره وحزنه عليها، بينما كانت تحمل تشيا الجثمان، وديمة تجلس على الرمال تبكي بقهر وصوت عالي يُشبه بالنسبة لشعيب السكاكين التي تخترق قلبه بدون رحمة، وبعد حفره أخذ جثمان طفلته و وضعه في باطن الأرض، لتصرخ ديمة أكثر لتقترب تشيا منها وهي تضمها، بينما بدأ شعيب بأرجاع الرمال داخل الحفرة، ودموعه تزداد بشدة رغم ثباته الظاهري، وبعد الأنتهاء وقف أمام قبر أبنته وهو هادئ للغاية، ومذالت دموعه تهبط بصمت، بينما قالت ديمة بألم وغضب: حكايتك هتخلص النهاردة يا شيراك، النهاردة هتبقى نهاية قصتك اللي دمرت حياتي، هخليك مسجون طول عمرك وتتقهر بحبسك.

لتنهض بغضب، بينما كان شعيب مازال على نفس حالته، ليقول بصوت منخفض وعيناه على مكان قبر أبنته :

- النهاردة الحكاية لازم تخلص.

ليقترب من ديمة بجمود ويهبط لمستواها ويقول وهو يمد يده لها ببتسامة :

- يلا يا ديمة، يلا نخلص الحكاية دي.

لتبتسم له ديمة وهي تضع يدها في يده ومن ثم يختفو، بينما تشيا تنهدت وهي تنظر لقبر الطفلة بشرود.

ظهر كُلًا من شعيب وديمة أمام قصر سيلاك، والذي يجتمع به جميع أعدائهم، لينظر شعيب لديمة وهو يقول ببرود وبداخله غضب كفيل بقتلهم جميعًا :

- جاهزة؟

لتنظر له ديمة والدموع متحجرة في مقلتيها، لتهتف وهي تنظر له :

- مـ...مش عارفة

ليقترب منها وهو يقول بابتسامة حاول جاهدًا أن يُظهرها :

- مش دي ديمة اللي أعرفها، ولا ده ردها، من أمتى وأحنا بنتكسر كده؟

لتنظر له ودمعة خائنة هبطت على وجهها : بس دي بنتي يا شعيب، بنتنا، أنت فاهم يعني ايه؟

ليرد وهو يمسح دموعها بألم : بس ده مش وقت كسرة يا ديمة، في ظروف غصب عننا بتخلينا نكمل وأحنا مش قادرين على كده.

ليبتسم لها بصعوبة وهو يقول بتحفيز : جاهزة؟

لتغمض ديمة عينيها بألم، كانت ستنهار، ولكنها تذكرت حياتها من قبل أن تكون أميرة چورينال حتى الآن، تتذكر أن شيراك هو السبب الرئيسي لخراب كل شيء في حياتها، تتذكر محاولاته الدائما لقتلها أو قتل من تُحب، هو السبب في حزنها الدائم، لتفتح عينيها وقد طغى عليها اللون الأسود وهي تبتسم بغضب وترد و رغبتها في الأنتقام تزداد :

- جاهزة جدا.

ليقتحم كلاهمًا القصر في لحظات، وبمجرد فتح الباب لمح شعيب سُفيان، ليرفع يده لتظهر عصاه، ليوجهها بأتجاه سُفيان ليخرج حبل سميك ذهبي ويلتف حول سُفيان بأحكام، بينما أنقض ساردار على شعيب يحاول هزيمته، وشعيب يُحارب ونيران الأنتقام تُحركه، وفي لحظات كان ساردار مثل سُفيان، بينما ديما تنظر لشيراك الذي ركض للأعلى عندما لم يستطع الأختفاء، فديمة عندما دخلت هي وشعيب نظرت لشيراك لتسحب قوة الأختفاء منه، لكي لا يهرب، وبمجرد رؤيتها للمكان خالي قالت لشعيب :

- شيراك فوق، بس سيلاك شكله مش هنا.

ليرد عليها شعيب وهو يحاول أن يكون صوته هادئ : مش مهم سيلاك، المهم عندي دلوقتي شيراك.

ليصعدو للأعلى، ولكن ديمة أختفت وظهرت أمام شيراك الذي كان يريد القفز من أعلى القصر [القصر من الأعلى يُشبه سطوح العمارات، مساحة كبيرا والأرضية مستوية] ومن ورائه ظهر شعيب، لينظر لهم ليقول بسخرية :

- لا بجد برافو عليكم، عرفتو تعيشو بعد ما شوفتو بنتكم وهي حتت صغيرة.

لتنظر ديمة لشعيب بصدمة، بينما أصبحت عين شعيب حمراء من شدة كتمه لرغبته في البكاء، ليقترب منه شعيب بسرعة شديدة ويضع عصاه في معدة شيراك لتخترق جسده من الجهتين، ليقول بهمس ونظرات غاضبة :

- الموت ليك راحة، اللي زيك يتعذب لحد ما يموت.

لينظر شيراك للعصا التي بجسده، فهي عصا ملك البحار السبع، جرحها لم يزول بسهولة، وسيظل يؤلمه، ولكن لن يقتله، بينما كانت ديمة تنظر للمشهد بصدمة، أطفلتها تمزقت لأشلاء؟ ومْن مَن؟ شيراك أبيها! والآن زوجها طعن أبيها طعنة قاسية سيظل يتألم منها حتى الهلاك، كيف لها أن تتصرف في تلك اللحظة، أجل أبيها مثل الشيطان ولكن هو أبيها.

لتضع ديمة يدها على رأسها والدموع تتجمع في عينيها، تسلل لدماغها ألم شديد، لتسقط على ركبتيها، لينظر لها شعيب بفزع، ويتحرك بأتجاهها بخطوات سريعة، في حين أتخفت عصاه وسقط شيراك أرضًا، ليجلس شعيب بجانب ديمة وهو يضع يده على رأسها وهو يهتف بقلق وخوف واضح :

- د... ديمة مالك، في حاجة حصلت؟

لترد ديمة وهي تشعُر بألم شديد برأسها: مــ... مش عارفة يا شعيب، عندي صداع شديد أوي.

لينهض شعيب وكان سيحاول حملها، ولكن كان يقف شيراك بجانبه ليُمسك بيد شعيب ويغرز أظافره التي أصبحت طويلة بشكل مريب فجأه، لتسقط الدماء من يد شعيب، لتسقط نقطة على جوهرة ديمة، بينما قال شيراك بتبسامة شريرة ونبرة خبيثة :

- ايه يا جوز بنتي، مش عيب تطعن حماك كده؟

بينما شعيب شعر بألم شديد للغاية في يده بسبب الجروح التي تسبب بها شيراك، بينما ديمة أختفى ألمها فجأه، وظهر الخنجر في يدها، لتنظر له، لتُغمض عينيها بألم وهي تضغط

على يد الخنجر، لتقول بداخلها "جي الوقت اللي أسحب فيه قوتك، آسفة يا بابا" لتهبط دمعة خائنة على وجهها، ولكنها تنهض بدون تفكير وتطعن شيراك بالخنجر في جزء معين من كتفه، ليقع أرضًا وهو يصرُخ بشدة، لتبدأ ديمة بالأرتفاع عن الأرض وهي تنظر له وتقول وعينيها تُخرِج شُعاع أسود :

- بما أن السيد شيراك لم يُحافظ على قوته وأستعملها في الشر، وبصفتي ملكة مصاصين الدماء، أسحب منك قوتك لكي لا تستخدمها في الشر.

لتسمع صرخة من شيراك، لا يُصدق أنه من الممكن أن يحدث ذلك، لتبدأ بأخذ قوته، وجرح الخنجر جعله كالمشلول، لا يستطيع الدفاع عن نفسه، ليمر بعد الوقت لتسقط ديمة بعد سحبها لقوة شيراك وجوهرتها تُضيء بشكل غريب، ليتجه شعيب لها وهو يقول بخوف ممزوج بقلق :

- أنتي كويسة؟

لتضع يدها على يده وهي تبتسم، لتهتف : كويسة.

لتنهض بمساعدة شعيب، لتقف أمام شيراك ليخرج ضوء أسود من السلسلة على هيئة حبل ويلتف حول شيراك بأحكام، لتنظر ديمة لشعيب وهي تقول بنبرة باردة :

- خد سُفيان وساردار أحبسهم عندك، وأنا هاخد شيراك وأحبسه عندي، ولما يظهر سيلاك هخده عند شيراك.

ليهز شعيب رأسه بهدوء وهو يقول : تمام.

ليذهب شعيب ويأخذ سُفيان وساردار ليضعهم في حبسهم، في مملكة البحار السبع، بينما ذهبت ديمة لأحد المملكات في عالم مصاصين الدماء، والتي بها يوجد كل السجون التي في ذلك العالم، لتضع شيراك في سجنه وتذهب.

في اليوم التالي، كانت ديمة تجلس في بيتها هي وشعيب وهي قلقه، لتقول بقلق :

- هو شعيب ليه مرجعش من البارح؟ أنا قلقانة عليه أوي، يمكن سُفيان ولا ساردار قدرو يحررو نفسهم؟

لتتنهد بقلق بالغ وهي تهتف : أستر يارب.

لتسمع صوت فتح باب المنزل، لتنظر لترا شعيب أتي بأتجاهها، لتنهض وهي تذهب إليه وتقول بغضب نابع من قلقها وخوفها عليه : تقدر تقولي يا بيه مجتش من البارح ليه؟

ليبتسم وهو يرد عليها بنبرة هادئة : عملت اللي لازم يتعمل.

لتنظر له دِمة بأستفسار، ليتنهد وهو يقول :

- تنازلت عن حُكمي في عالم البحار، ما بقتش ملك البحور السبع خلاص، بقيت بشري طبيعي.

لتنظر له دِمة وعينيها تمتلئ بالدموع، لتهتف بصوت منخفض : ليه، طـ... طب وسيلاك، كده لو جي هنا ممكن يأذيك يا شعيب.

ليُمسك شعيب بيد دِمة وهو ينظر لها بحنان، ليرد بنبرة واثقة :

- متأكد أن دِمة هتقدر تمنعه، أنا واثق فيكي، و واثق أنك تقدري تهزميه.

لتهتف دِمة بحزن وهي تقول : ليه، ليه بقيت بشري؟

ليتنهد وهو يبتسم لها، ليقول بنبرة مُحبة : عشان بحبك، ومش مستعد نخسر طفل تاني بسبب أنك ملكة مصاصين الدماء وأنا ملك البحار السبع، الأحسن نبقى أحنا الاتنين زي بعض، ساعتها أطفالنا مش هتتأذي، ولا هيبقى في خطر على حياتنا، هنعيش في سلام وهدوء.

لتبتسم دِمة بألم، وهي تهتف بصوت منخفض: يمكن بنتنا لو كانت عاشت كانت يا هتأذي يا تتأذي، اللي أحنا بنعمله دلوقتي أفضل، ده الصح.

لتبدأ الدموع تهبط من عينيها، ليبدأ شعيب بمسح دموعها بحنان، ولكن فجأه سمعو صوت عالي يقول :

- واو، قصة حُب وتضحية خطيرة ومشوقة، بس للأسف عمرها ما هتكمل، اللي بتكمل بتبقى حكاية فارغة عشان يخلو الناس تنبسط، بس في الواقع لازم اللي زيكم يموتو فورًا.

لينظرو لمصدر الصوت، ليجدو سيلاك الطائر في الهواء والذي يُناظرهم بغضب مختلط بغيظ، لتُمسك دِمة بشعيب وهي تقول بتحذير: سيلاك، أبعد عننا، يا أما هيكون مصيرك نفس مصير شيراك.

ليرد سيلاك ببرود : يا سلام، تهديد؟ عادي، أنا بحب التحدي.

ليذهب بأتجاههم بسرعة البرق، ومجرد أن لاحظت دِيمة هذا أندفعت نحوه هي الأخرى، ليبدأ الصراع بينهم، فأنها تُريد أبعاده عن شعيب، وأنه يحاول التخلص منهم هما الاثنين.

عندما رأه شعيب هذا، ذهب بأتجاه المكتبة، ليُحضر الكتاب الخاص بمصاصين الدماء، ليبدأ بالبحث عن صفحة معينة حتى رأها، ليصرخ بصوت عالي: رقبته يا دِيمة.

كانت في تلك الأثناء دِيمة تتصارع مع سيلاك، ومجرد سماعها لحديث شعيب زادت أظافرها طولًا وغرزتها في عنق سيلاك، ليسقط أرضًا بألم، ليخرج من جوهرتها ضوء أسود ليلتف حول سيلاك، لتتنهد دِيمة وهي تهبط على الأرض لتقول بتعب :

- عيل رخم، مش عارفة جايب الصحة دي منين.

ليضحك شعيب وهو يقول لها : طب يلا روحي حطيه في السجن وتعالي.

لتذهب دِيمة لتحبس سيلاك مع شيراك، تاركة شعيب وحده لبعض الوقت.

بعد عدة ساعات، أتت دِيمة للمنزل، ليهتف لها شعيب بنبرة هادئة :

- خلاص، الحكاية كده خلصت.

لتبتسم دِيمة وهي تقول : ايوه يا حبيبي.

لتتنهد وهي تُكمل حديثها : روحت لشيخ مصاصين الدماء، قال ليا عشان ابقى بشرية لازم أعمل شوية تقوس وجوزي يبقى معايا، سواء بشري أو مصاص دماء، المهم لو متجوزة لازم يبقى معايا.

ليقترب منها شعيب بهدوء ويُمسك بيدها ومن ثم يبتسم لها، لتبتسم هي أيضًا له لتختفي به من البيت كله.

ظهرت دِيمة مع شعيب في مكان من أماكن مصاصين الدماء، فظهر أمامهم هكل بملامح مريحة، وملابسه بيضاء عكس ملابس مصاصين الدماء، ليقول بوجه بشوش

- السلام عليكم أبنتي الغالية، أهذا زوجكِ؟

لترد دِيمة بتسامة هادئة: وعليكم السلام يا "زكريا"، أجل أنه زوجي ويُدعى شعيب، بشري.

لينظر "زكريا" لشعيب وهو يقول ببتسامة هادئة : أهلا بك يا بُني.

ومن ثم ينظر لدِيمة وهو يُكمل حديثه : لا تقلقي، فلا يوجد شيء سيتغير لأنه من بني آدم.

لتهز دِيمة رأسها بهدوء، بينما تحرك زكريا وهم ورائه، ليقول وهو يسير بخطوات هادئة:

- لتكوني بشرية يا أبنتي يجب أن تذهبي للمسجد وتُصلي أنتِ و زوجك حتى الفجر، بنية أستجابه دعوتك لتكوني بشرية، وتبدأي أنتِ وزوجك بالدعاء من الفجر حتى شروق الشمس، وبإذن الله تعالى سيحدُث المُراد.

ليتوقف زكريا أمام مسجد أبيض اللون، فخم وكبير للغاية، ليبدأو بخطو أول خطوة داخل المسجد، لتتحول ملابس شعيب لعباءة رمادية وعلى رأسه قبعة صغيرة، وكانت قدميه بدون حذاء ودِيمة كذلك، وعن دِيمة فتبدلت ملابسها لأسدال طويل أبيض وعلى رأسها خُمار طويل أبيض، فلا تظهر خصلة واحدة من خصلاتها الحمراء، لينظرو لبعضهم البعض ببتسامة مُحبة، ليبدأو بالصلاة والتعبد بخشوع، وظلو هكذا طوال الليل، حتى سمعو صوت أذان الفجر، ليصلو الفجر وبعدها ظل الأثنان يدعون ربهم بيقين تام وخشوع، حتى بدأت أشعة الشمس تُشرق السماء بنورها، ليسمعون صوت الشيخ وهو يقول :

- لقد حل الشروق يا أبنائي، أجلسو قليلًا وتعبدو حتى يأتينا الأجابة.

ليظل كلاهما يتعبد بالتسبيح، الأذكار، قراءة القرآن الكريم.

ولكن أثناء جلوس دِيمة وهي تقرأ القرآن شعرت بالدوار فجأه، لتسقط رأسها على كتف شعيب، ليتوقف شعيب عن التسبيح وهو يُحركها بقلق قائلًا :

- دِيمة، أنتي كويسة.

لتبدأ بفتح عينيها ببطئ، ليبتسم شعيب بسعادة، فعينيها أصبحت باللون البُني الفاتح، وقد ذهب اللون الأحمر المميز من عينيها، ليهتف شعيب بنبرة سعيدة: عينك بقت عادية يا دِيمة.

لتبتسم دِيمة وهي تقول له بحب : أخيرًا هنقدر نعيش بهدوء وسلام يا شعيب.

ليسمعو صوت زكريا وهو يقول بحب أبوي : مُبارك يا ابنتي، أتمنى لكِ حياة سعيدة مع زوجكِ ، ولكن يجب أن يتم عقد قرأنكم مُجددًا، فزواجكم الآن أصبح باطل.

ليُتابع حديثه قائلًا بابتسامة بشوشة : هيا وراكِ يا أبنائي، سأخرجكم من هُنا لعالمكم الجديد.

ليتقرب منه كُلًّا من شعيب ودِيمة، ليُمسك زكريا بيدهم ويختفي، ليظهر بعدها بالقرب من منزلهم، ليهتف بابتسامة بشوشة :

- سأذهب الآن، وأن كُنتم تريدون شيئا سأكون متواجد معكم، لا تقلقو أبنائي.

ليختفي زكريا، بينما نظر شعيب لديمة وهو يقول بمرح : احم، بما أن عُمر بيه عنده شركات ومضبط دنيته، فأجهزي عشان عقد قرآن عُمر بيه و ديمة هانم.

لتضحك دِيمة وهي تقول : دِيمة ايه بقى ما خلاص، كده سما.

ليهتف وهو ينظر لها بابتسامة : بس أنا حبيت دِيمة، اللي عملت سما، مش سما الشخصية المصطنعة، أنا حبيت الحقيقية.

لتنظر له دِيمة بحب، بينما قال شعيب بسرعة وهو يركض ناحية البيت بمرح: هروح أتصل بحسام عشان يجي ياخدنا من هنا، لسه في ترتيبات الفرح.

لتنظر دِيمة في أثره وهي تضحك، بينما دخل شعيب البيت ليُحضر الهاتف ليتصل على حسام.

❋❋❋

وها قد مرت عدة أيام منذ تحول دِيمة وشعيب لبشريين، واليوم يوم زفافهم، الذي كان على البحر، أو بمعنى أصح ذلك المكان نشأت فيه أول معركة بينهم، ذلك هو المكان الذي بدأت فيه قصتهم، وها هو، ذاك المكان يشهد على حبهم، وعلى صراعهم الدائم ليخلد، ضحو بقوتهم في سبيل العيش سويا بدون أي عواقب أو نزاعات، دون صراع وحقد، فقط السلام.

كانت سمر تقف بجانب حسام وهي تقول بمشاكسة : شايف، شايف الحُب.

ليهتف حسام بضحك : شايف يختي شايف.

لتقول سمر بابتسامة وهي تنظر حولها : تعبو كتير أوي الاتنين دول، ضحو بحاجات كتير أوي، بجد مبسوطة أن وأخيرا هيبقو سوا من غير قلق وخوف.

ليُحرك حسام رأسه بالإيجاب وهو يقول بحزن :

- فعلا، كفاية وجع قلبهم على بنتهم، أنتي ما شُفتيش شعيب وهو معايا الكام يوم اللي فاتو كانت حالته أزاي، كل يوم يحلم بمنظر بنته ويصحى يعيط، كنت بسمع صوته من أوضتي، ضحى بحكمة عشان بس يعيش في هدوء.

لتبتسم سمر بحزن وهي تهتف : عندك حق يا حبيبي، تعبو الاتنين أوي بجد، دمة كون أن أبوها هو اللي قتل بنتها مخليها على طول سرحانة، تحسها كده دبلت، حزينة على طول، موضوع خسارتها دلوقتي لابوها اللي في السجن وامها اللي متعرفش حتى عايشة ولا ميتة كل ده مخلي نفسيتها تحت الصفر.

ليرد حسام بمشاكسة : أحنا قلبناها نكد ليه، ما العيال مبسوطين وهيتجوزو اهو.

لتضحك سمر على مشاكسة حسام، بينما ظهرت دمة بفستانها الأبيض الطويل المزخرف، والخُمار الأبيض الجميل الذي وضعته على رأسها، لأنه فرض على كل بنات حواء، فكانت جميلة بشدة، ليقترب منها شعيب والذي يرتدي بدلة بيضاء مع قميص أبيض، ليضع يده في جيوب بنطالة وهو يقول بمشاكسة: جاهزة؟

لترد عليه دمة بابتسامة جميلة ونبرة مرحة : جاهزة جدا.

ليذهبو ناحية المأذون الذي كان في منتصهم يجلس على طاولة، تم الزواج بشكل هادئ مع سعادة دمة وشعيب، لينهضو لينظر شعيب لدمة بحب، لتُبادله النظر، ليضمها إليه بسعادة، ويلتف بها، ليهمس بجانب أذنها : بحبك.

لترد عليه بحب صادق وسعادة : وأنا كمان بحبك أويــ...

وقبل أن تُكمل حديثها وفي خلال لحظات، تحولت السعادة الشديدة لأصوات صراخ وبكاء، وتحول اللون الأبيض للون الأحمر الدموي، فتلك اللحظة لم تكن سعيدة بالمرة، وحدث ما لم يكن في الحُسبان، فهم سمعو صوت أطلاق النيران، وتراخى جسد دمة بين يدين شعيب، لينظر شعيب خلف دمة ليرا أنها أُصابت بعدة رصاصات في ظهرها، ليتحول

فُستان زفافها الأبيض لقطعة قماش تمتلئ بالدماء، لتسقط على الأرض وشعيب يسقط معها، ليقول والدموع بدأت تهبط من عيناه بصدمة :

- د.... دِمة، لا لا مستحيل، أحنا هنفضل سوا.

كانت دِمة تُمسك به بألم، ضربات قلبها تنخفض ببطئ، لتنظر له وهي تحاول فتح عينيها وتبتسم له، لتهتف بصعوبة :

- مـ... محدش بيموت قبل أوانه، وأنا جـ... جي أواني يا شعيب.

ليتمسك شعيب بها أكثر، ليقول وهو يبكي ويُحرك رأسه برفض :

- لا لا لا، أنـ... أنتي هتعيشي يا دِمة وهنفضل سوا.

ليصرخ بصوت عالي والدموع تهبط بغزارة : حد يتصل بالأسعاف.

لتضع دِمة يدها على وجنته وهي تقول بصعوبة وتحاول الابتسام :

- خـ... خلي بالك من نفسك يا حـ... ـبيبـ... ـي...

ومجرد أنتهاء كلمتها تسقط في أحضان شعيب، ويدها تتراخى من بين يديه، كان شعيب يُشبه الصنم من صدمته، ليقول بصوت هادئ وعيناه لا تتوقف عن البكاء: لا أنتي أكيد بتهزري، ده مقلب صح؟

لينظر لحسام بأمل وهو يقول بألم : صـ... صح يا حسام، ده مقلب ودِمة حبيبتي ما ماتتش، صح؟

ليُغمض حسام عيناه بألم، بينما كانت تبكي سمر في أحضانه بقهر، لينظر لهم شعيب بعدم تصديق وهو يقول :

- مـ... مالكم، بتعيطو ليه، هي عايشة، متقدرش تبعد عني، أزاي تبعد، أكيد لا، كل ده مقلب رخم.

ليُمسك بوجه دِمة الشاحب وهو يقول بابتسامة مرتعشة : د.... دِمة أنتي سمعاني صح؟ قومي يا حبيبتي يلا، هـ... هنروح بيتنا.

ولكن لا يوجد رد، فـهي الآن ماتت، والأموات لا يعودون، ليبدأ شعيب بهز جسدها بعنف وهو يقول برفض: قومي يلا، فتحي عينك.

ليبدأ بالبكاء بهستيرية وهو يضمها إليه، كان صوت بكائه المقهور والمتألم يجعل الحزن يتسلل لقلوب جميع الحاضرين، صرخ شعيب عدة مرات بأسم دِيمة، ليقول شعيب بقهر من بين دموعه: كـ... كده يا دِيمة، تمشي وتسيبيني، ده أنا شـ... شعيب حبيبك، طب خديني معاكي، مش عايش أعيش من غيرك.

لينظر لها ولسكون جسدها الذي أصبح بارد، ليصرخ بقهر وهو يضمها إليه، ويُنادي عليها مرارًا وتكرارًا.

"قد أنتهت حكايتنا يا عزيزي، كان يعز علي تركك، ولكن لا أحد يستطيع تغيير القدر، سلام يا مَن عشقه القلب، أُريدك صالح، لكي نتلاقى في جنة النعيم، بعيدًا عن تعب الدُنيا، قد تعبنا كثيرًا يا عزيز قلبي، وهُناك لا يُوجد مكان للتعب، فقط راحة.. ".

❋❋❋

[تسريع الأحداث]

كان يجلس شعيب على الأرض بـبدلته التي توسخت من الدماء والرمال أمام قبر دِيمة، كان ينظر أمامه في نقطة فارغه وملامحه خالية من المشاعر، ليربت حسام على كتفه وهو يقول بصوت حزين: يلا يا صاحبي، روح بيتك.

ليرد عليه شعيب وهو بنفس حالته : مش هسيب دِيمة وأروح في حتى، هفضل معاها هنا.

لينظر له حسام وهو يقول بصرامة قاسية، ولكن أنه مرغم على فعل ذلك :

- دِيمة ماتت يا شعيب، روح بيتك، قعدتك هنا مش هتنفعك بحاجة.

ليصرخ به شعيب بألم وهو يقول ببكاء شديد : لا يا حسام، مش همشي، وأنا عايز أموت عشان ابقى معاها، روح أنت لمراتك وسيبني بقى يا أخي.

لينظر له حسام بألم، ليبدأ بالمغادرة بخطوات بطيئة، بينما كان شعيب ينظر في نقطة فارغه وهو يتذكر ذكرة مع حبيبتُه

-أنت يا سي شعيب، يا راجل ياللي أسمك جوزي.

لينظر لها شعيب وهو يضحك، ليقول لها بمشاكسة : عايزة ايه يا ست ياللي أسمك مراتي.

لترد عليه ديمة بابتسامة وهي تهتف بمرح : عايزة كل خير يا حبيبي، مش النهاردة عيد ميلادي.

ليقترب منها شعيب وهو يقول بمشاكسة: كل سنة وأنتي طيبة يا حبيبتي، يا ترا عيد ميلادك الألف ولا الألفين؟

لتضرب ديمة كتفه بمرح وهي تقول : تؤ تؤ، ملكش دعوة بالسن عشان عندنا حساسية منه، وأنا بقولك عشان حاجة صغيرة خالص.

ليرد عليها بحب وهو يهتف : ولو كبيرة، قولي يا حبيبتي.

لتُمسك ديمة بيده وهي تقول بحب : السنة اللي فاتت كنت وحيدة، السنة دي معايا عوضي من الدنيا، فحبيت أوعدك النهاردة أني مش هسيبك طول عمري.

ليضمها إليه شعيب بحب وهو يقول : ومفيش اعياد ميلاد تانية لوحدك، هفضل معاكي على طول.

ليبتسم شعيب بألم والدموع تهبط من عيناه ببطئ، ليهتف بصوت هادئ: مـ... مش أنتي وعدتيني أنك مش هتسيبيني، سبتيني ليه، أنتي عارفة أن شعيب من غير ديمة ولا حاجة.

ليهمس وهو يُغمض عيناه بألم : أرجعي، مش هقدر أكمل من غيرك.

ليسمع صوت بجانبه يقول بقهر

-ديمة أتقتلت، وأحنا لازم نجيب حقها.

ليشعُر بعدها بيد على كتفه، لينظر ناحية اليد ببطئ، ليرا تشيا والتي جلست بجانبه، ليقول لها بألم :

- مين اللي قتلها.

لتتنهد تشيا بألم والدموع تهبط من عينيها، لتهتف بجمود : شيراك هو اللي قتلها، كلهم

هربو قبل الفرح بساعات، وعرفو مكانكم وقتلو دِيمة، وسيلاك هو بقى العقل الكبير بتاعهم، هو اللي هربهم وجاب شيراك هنا.

لينظر شعيب أمامه بغضب وعيناه حمراء من شدة البكاء، ليقول بجمود وبداخله غضب شديد مختلط بألم :

- سبنا ليهم الحكم وبرده مفيش فايدة، مش عايزينا نعيش في سلام، لازم يندمو.

لترد تشيا بحزن : أنت بقيت بشري يا شعيب، متنساش ده، و رجوع قوتك موضوع صعب، بس متقلقش، هقعدك معايا عشان ما يوصلوش ليك، وأنا هتصرف معاهم وهحاول أرجع ليك قوتك.

لتُمسك بيده لتختفي به، وكانت أخر نظراته على قبر حبيبته، وكأنه يودعها الوداع الأخير.

﷽

مر يومان على تلك الأحداث

كان شعيب يجلس على الأريكة وأصبح وجهه شاحب من شدة حزنه على حبيبته، وتشيا تجلس أمامه وهي تقول بهدوء : عرفت أزاي أرجع ليك قوتك، متقلقش، كلها أيام ونجيب حق دِيمة.

ليهز شعيب رأسه بهدوء شديد، ليقول بتعب وهو يحاول النهوض : هقوم أصلي الظهر.

ليبدأ بالنهوض، ولكن بمجرد سيره لعدة خطوات ظهر ورائه سيلاك وأظافره طويلة للغاية، ليغرزها في ظهر شعيب لتخرج من الناحية الأخرة، ليهمس بجانب أذنه :

- روح لحبيبتك ونسها في قبرها بقى.

لترجع أظافره صغيرة مرة أخرى ليسقط شعيب على الأرض وعلى وجهه أبتسامة هادئة، ليهمس شعيب بصوت ضعيف لم يسمعه أحد وهو يبتسم : جـ...يلك يـ...ا ديـ...مة.

لِيُغمض عيناه بأستسلام، لتذهب روحه للذي خلقه، قد أنتهت حكايته مثل حكاية حبيبته، وأنتهى كل شيء معها.

"أنا أتي لكِ حبيبتي، فمَنْ بعد فراقكِ والحياة ذابلة بالنسبة لي، لا يُفارق مشهد رحيلك ذاكرتي، يتكرر كل يوم أمام عيناي، وكل يوم لا أستطيع أنقاذك، ألم تعديني بالبقاء؟ لما رحلتي الآن؟! فالقلب تعلق بكِ، والعقل لا يُفكر إلا بكِ، قلبي لا يعتصر حزنًا إلا عليكِ، ولكن لا بأس، أنني أتي إليكِ، لأكون معكِ، وأُكمل وعدكِ لي..".

صرخت تشيا بغضب مختلط بصدمة وهي تقول : سيلاك! هندمك على اللي عملتو ده.

لتنقد عليه بغضب، بينما رد سيلاك ببرود وهو يُحاربها : أنا عملت ايه يا تشيا؟

لترد بصراخ ودموع عينيها تهبط بشدة : عملت ايه؟ هربت وهربتهم معاك، كنت السبب في موت ديمة، وقتلت شعيب، كل ده ومعملتش حاجة.

ليُصارعها سيلاك ببراعة وهو يقول ببتسامة حاقدة : ديمة كانت لازم تكون ليا، بس هي قررت تبقى عدوتي، عشان كده لازم أخليها تدفع التمن، وهو روحها، وكان شعيب لازم يموت لأنه حبها، حب حاجة مش بتاعته وعايز ياخدها، فكان لازم أخد روحه.

لتسقط تشيا على الأرض بألم، ليضع سيلاك قدمه عليها ويظهر سيف طويل وعتيق في يده، ليُقربه منها ويُثبته بجانب عنقها ليقول ببتسامة باردة :

- أحب أقولك أنك للأسف لازم تموتي، عشان هتسببي عقبة في طريقنا.

لينظر لها نظرة أخيرة، ثم أردف ببرود : سلام يا تشيا.

ليُحرك السيف على عنقها بسرعة لتذهب رأسها بعيدًا عن جسدها وينتشر الدماء في كل مكان، وكان يوجد بعض نقاط الدماء على وجه سيلاك، ليختفي سيف سيلاك من يده، ليبتعد سيلاك عن تشيا، وعيناه مُعلقة على جثمان شعيب، ليبتسم بأنتصار، ليهمس ببتسامة ساخرة :

- اللي فضل شعيب وديمة يحاربو عشان ما يحصلش هيحصل دلوقتي، ومحدش هيقدر يمنعنا من ده.

ليختفي سيلاك، وبأختفائه جفت أقلام أبطالنا عن كتابة قصتهم.

الخاتمـــة

وفي النهاية، مازال للحديث بقية...